そう言われましても、先生。
ルメロイ教室の標語《セオリー》は独立独歩だと思っていましたが。

『ロード・エルメロイII世の冒険』より　とある生徒の言葉

これまでのあらすじ

冬木の地で行われた第五次聖杯戦争から数年後、米国西部の街スノーフィールドで聖杯顕現の兆候が観測された。

合衆国の魔術師ファルデウスによる魔術協会への裏切りによって宣戦布告された「偽りの聖杯戦争」には、世界各地から魔術師たちがおびき寄せられていく。

スノーフィールドの地に次々と召喚される六騎のサーヴァントたち。だがそれも「真の聖杯戦争」のための呼び水でしかなかった。

謎の『セイバー』の召喚に続いて、さらなる英霊の六騎がスノーフィールドの地に続々と出現する。エクストラクラスを含む計13騎の規格外のサーヴァント達。マスター、サーヴァント、関係者たちの思惑が絡み合いつつ、『七日間限定』とされる聖杯戦争が幕を開ける。

事態が大きく動いたのは聖杯戦争二日目の夜だった。ペイルライダーのマスターである操丘椿を抹殺しようとするマスター・バズディロットとアルケイデス。無力である椿を保護しようと病院前に集結した警察陣営とフラット。さらにそこにセイバー・リチャードと、ギルガメッシュも乱入する。

圧倒的な暴虐を振るうアルケイデスだったが、デュマの宝具とフラットの機転によって、アルケイデスにヒュドラの毒を突き刺すことに成功。だが毒を押さえ込み覚醒したアルケイデスは、ギルガメッシュを標的に定めた。そんなアルケイデスを撃破するあと一歩のところで、突如『王の財宝《ゲート・オブ・バビロン》』が閉じ、ギルガメッシュはヒュドラの毒をその身に受けてしまう。『王の財宝《ゲート・オブ・バビロン》』を閉じる細工をしたのはアインツベルンのホムンクルスであるフィリアの中に宿っているものの正体、つまりは女神イシュタルだったのだ。

ギルガメッシュが討たれるというまさかの事態に衝撃が走っていたそのとき、シグマと偽アサシンは別ルートで椿に近づいていた。だが二人を待ち構えていた死徒ジェスターの企みによって、病院前に集っていた一同は一斉に、椿のサーヴァントが生み出した疑似世界――「ゆめのなか」に囚われてしまう

「ゆめのなか」ではアルケイデスの宝具の一部である『ケルベロス』の暴走によって窮地に陥るも、共同戦線によって脱出の糸口を見いだしたマスターとサーヴァント達。そして夢の世界の真実を知った椿自身の願いによって、ついに彼らは現実へと生還したのだった。

だが、アヤカ・サジョウの正体に気づいたとおぼしきフラットが、彼女に近づいたそのとき――。狙撃手による凶弾によって頭部を撃ち抜かれ、フラット・エスカルドスは崩れ落ち……。

アメリカ某山中　ロッジ内

山深い天然の結界内にある豪奢《ごうしゃ》なロッジ。

その中心にある会議室にて、周囲の広大な自然に似付かわしくない者達が会議を続けていた。

薄暗がりの中にかろうじて浮かぶ、高級スーツを身に纏《まと》った複数の男女に、通常の社会では見受けられないデザインの勲章をつけた軍服の面々。

中には一目で高位の将官だと分かる雰囲気と貫禄《かんろく》を持ち合わせた者もいるが——やはり通常の式典や報道には出てこない顔ぶれだ。

それでも、見る者が見れば分かるだろう。

現代的な背広や軍服を纏《まと》った彼らのうち、半分ほどが魔術師としての資質を持った人間であるという事を。

時計塔などと違う所は、魔術師でも魔術使いでもない、そもそも魔術回路を持ち合わせない人間も入り交じっているという事だろうか。

誰もが皆緊迫した様子で会議を続けていたが――とある報告がなされた時点で、参加者達の眼《め》に安堵《あんど》の色が浮かぶ。

「そうか、時計塔が態度を軟化させたか」

「はい、ロード・トランベリオの代理人が言うには、『今回の件は貸し借りや恩義の話ではなく、正式なビジネスとして取り扱う』と……」

「ああ、それでいい。我々のアドバンテージは魔術を介さぬ国力だが、時計塔のいずれのロードもこちらを腹の底から信用はしないだろう。それはこちらとて同じ事だ」

それに同調するように、複数の者達が声を上げた。

「そもそも、魔術師同士では真の意味で信頼などあるまい」

「我々を魔術使いと見なしてるなら尚更《なおさら》だ」

やや自嘲気味に語られた言葉の後に、中心人物と思《おぼ》しき将官の男が声を上げる。

「だが、時計塔は今回の件について『見て見ぬ振り』をするそうだ。既に街にいる時計塔の人間についても妥協するとの事だ」

「本当に良《い》いのか？　ファルデウスの報告にあった奇病……恐らくは呪詛《じゅそ》の類だろうが、街の外部に出られぬ状況なのだろう？」

「その呪詛《じゅそ》を逃れて脱出する事もできぬというのなら、魔術世界に必要ないという事なのだろうな。あるいは、街にいる時計塔の魔術師には逆に消えて欲しいのかもしれんが」

「派閥争いか。時計塔の三派閥のにらみ合いは今後も続く……と」

「続いてくれなくては困ります。派手な抗争でも起こればこちらが動く機会もありますが、その後に時計塔の方針が統一されるぐらいならば、にらみ合いが続いた方が動き易《やす》いですから」

彼らの話し方は、時計塔を警戒し畏怖を抱いているが、それ故に喰《く》らい付く機会を窺《うかが》っているような物言いだった。

「大統領にはなんと？」

背広組のトップと思《おぼ》しき長身の女性が、軍服の男に問う。

「報告はしていない。全て事後に済ませるつもりだ」

軍服の将官の言葉に背広の女性が鼻白んだ。

「……正気なのか？　どう説明をつけるつもりだ」

「彼ら自身の魔力の暴走を止める為《ため》の緊急措置……大統領にはそう説明づければ良い。他国とマスコミには別のカバーストーリーが必要だが、今なら『小惑星同士の衝突による余波』という筋書きを誰もが信じる事だろう」

そう言って、軍服の男が部下に視線を向ける。

部下の男が頷《うなず》くと、会議室の映像モニターに、複数のテレビ局——いくつかは海外の大手放送局も含まれた各局の映像が映し出されていた。

「……アニメーションを放映している国があるぞ」

「日本だろう」

「……まあ、直接的な被害が少なければそういう事もあるか」

「こちらの損害はワシントンだけじゃない。ロシア圏にも被害があったせいで、一歩間違えれば核ミサイルが飛び交う状況だというのにな」

苦笑しながら、背広組の女がモニターを改めて確認する。

各国のテレビ局は、そうした一部の例外を除き、皆一様に破壊の跡を映しだしていた。

画面の字幕テロップには各言語で『隕石《いんせき》』『ミサイル攻撃』と言った文字が躍っている。

「しかし、惜しいな」

軍服の男が、各テレビ局の映像の半分を占めている光景——北極圏の海氷が大規模に消失している映像を見て、淡々と言った。

「この力……個の意志で操る神秘などではなく、我々がコントロールさえできれば……」

「馬鹿馬鹿しい。神秘を兵器として考えた所で、時計塔やアトラス院に搦《から》め手で来られたら終わりだ。口惜《くちお》しいが、我々が魔術という一面ではまだまだ若輩という事を忘れるな？　ティーネ・チェルクの一族のような古き者達を取り込めていれば話は違ったかもしれないが」

背広の女は苦笑しながら軍服の男を窘《たしな》めた後、半分独り言のように呟《つぶや》く。

「だからこそ、我々はフランチェスカの計画に乗った。……魔法を、魔術に堕とす道を選ぶと。

今回はそれに至らなかったが、元より100年単位の計画だ」

それを聞き、周囲の面々が溜息《ためいき》を吐き始めた。

「米国における一度目の聖杯戦争は、無効試合というわけか」

「冬木でも無効試合が四度も続いたのだろう？」

「五度目の結末がどうなったのかは調査が難航しているが……」

「ユリフィスが出張ってきている。迂闊《うかつ》には動けん」

ざわめきを制するように軍人のトップである男が手を上げ、己の言葉の続きを口にする。

「街は浄化するが、大聖杯の根幹のシステムだけはフランチェスカが持ち出し次回の礎《いしずえ》とする。

魔力リソースが遮断される事を考えると、今回の英霊はその時点で大半が消滅するだろう」

軍服の男はそう答えた後に腕時計を確認し、会議室にいる全ての人間に告げた。

「現時刻をもって、コード983『オーロラ堕とし《Aurora fall》』を発動する」

それを引き継ぐ形で、背広の女が眼《め》を伏せた後、強い視線で周囲を見渡しながら言った。

「これより48時間後、スノーフィールドは『浄化』されるが……私はこれが国家の為《ため》とは言わない。正義だと言うつもりもない」

「長期的な視点における、人類の利益の為《ため》の生贄《いけにえ》だ。君達が気に病む事はない」


そして、この会議より2日後――

スノーフィールドという街は、この地球上から姿を消す事となる。

八十万人を超える住民を、一人も残す事なく道連れにして。


何故《なぜ》、偽りの聖杯戦争における黒幕達の間で斯様《かよう》な決定が下されたのか？

それは、今から1日前。

一人の若き魔術師であるフラット・エスカルドスの死と、それに伴った新たなる生命の誕生に起因していた。

接続章
『メサラ・エスカルドス』

かつて、一人の魔術師がいた。

魔法使いに至る存在でこそなかったが、奇妙な思想に取り憑《つ》かれた古く強大な魔術師が。

その魔術師の名は、メサラ・エスカルドス。

現代でいうモナコ王国のあたりに、小さくも奥深い工房を構えていたその魔術師は、友人である魔法使いや高名な魔術師達と交流を持つ内に、ふと、ある事を考えついた。

それは、とある知人から一つの例え話を聞いたのが切っ掛けだった。

ありえたかもしれない、この世界と並び歩みながらこの世界とは異なる無数の可能性の話。

ただの与太話、あるいは童話や冗句のようなものとして流してもおかしくはない話ではあったのだが——

メサラという魔術師は、そこに希望を見出《みいだ》した。

それまでの人生で魔術師としての命題が曖昧だったのは、まさに、このアイディアが湧き上がるのを待っていたからに過ぎないのだと確信する。

己の研究は秘匿するのが当然という魔術師社会において、メサラは意気揚々と他の魔術師達にその夢を語り、皆も自分と同じようにするべきだと説いて回った。

不可能な夢であり、馬鹿げた話だと笑う者が大半。

長い時をかける必要などなく、誰かの身体《からだ》を改造してしまえば終わる話だと言う者もいた。

実際、メサラの魔術の腕を考えれば、それが近道だったのかもしれない。

だが、『それ』には進化の末に辿《たど》り着《つ》かなければ意味がないとメサラは考えていた。

賛同こそしなかったが、真剣にその話に耳を傾けた者は二人。

一人は、メサラがこの計画を思いついた切っ掛けとなる話をした男——後に『魔導元帥《まどうげんすい》』や『万華鏡《まんげきょう》』『宝石翁《ほうせきおう》』等《など》の二つ名で呼ばれる事になる魔法使い。

もう一人は、特殊な出自を持つ酔狂な人形師で、後に『魔城』や『財界の魔王』等《など》の二つ名で呼ばれる事になる魔術師。

彼らは異なる立ち位置によるそれぞれの経験から、可能性は低かれど、メサラの大望は叶《かな》いうると気付いていた。

その成就《じょうじゅ》がもたらす結果まで理解していたからこそ、賛同はしなかったのかもしれないが。

だが、メサラには十分だった。

真剣に向き合い、議論し、異議を唱えてくれた知己がいる。

それだけで人生を賭ける価値があると微笑《ほほえ》み、己の生涯をその計画に注ぎ込んだ。

いや、賭けのテーブルに載せたのものは、自分の人生だけではない。

子々孫々、数百年、場合によっては数千年にわたる血脈そのものを材料としたのだ。


「魔術師の家系ならば、当然のことだろう？」


その話を聞けば、大半の魔術師はそう答えるだろう。

古き魔術師の家系の多くは、祖先が掲げた命題の為《ため》に血脈を捧《ささ》げるものだと。

だが、メサラの行動は、その常識から少しばかりズレる事となる。

エスカルドス家を興《おこ》した古き魔術師は、研究を進めると同時に、とある仕込みをしていた。

血統が長く連なるにつれ――家の目的が徐々に失伝するようにしていたのである。

メサラは、まだ見ぬ己の子孫達を信用していなかったのだ。

目的の達成が近付けば、完全なる熟成を待たずに『自らの代で成し遂げよう』と考える者が現れると予想していたのである。

――だが、それでは駄目だ。

メサラは、そんな子孫の情熱をこの世に出《い》でる前から否定した。

――ある日突然、『それ』が完成する。

——そうでなければならない。

——中途半端な状態では意味がないのだ。

自分の理論が正しければ、『それ』は自然に発生し、エスカルドスの一族から全てを奪い去る筈《はず》なのだと。

血脈そのものを材料にするというのは、そういう意味だ。

それが成される頃合いには、子孫の魔術師達本人が『エスカルドス家には命題などない、歴史だけの家系だ』と思い込んでいる事だろう。それ故に、魔術刻印の特異性を利用して何か新しい命題を見つけるか、あるいはただ単に魔術世界で成り上がろうと思うかもしれない。

メサラ・エスカルドスは、子孫が名誉欲で『自分が「それ」になる』と魔術回路の進化系統や魔術刻印に手を加える事を怖《おそ》れたのである。

そのぐらいなら、過去に話した時に笑い飛ばした魔術師達が『やはり可能かもしれない』と研究成果を奪いに来た方がマシだというものだ。もっとも、最初の1000年はなんの成果もないように見えるだろうが。


そう考えたメサラの思惑通りに、エスカルドス家は徐々に自分達の目的を忘れ、ただ在り続けるだけの存在として魔術世界に留まり続けた。

遠き未来の子孫すら信用せずに、狂気すら感じる仕込みを己の子と魔術刻印に刻み込んだ結果として――

1800年あまりの時が流れた後、メサラ・エスカルドスは奇跡に近い綱渡りを成し遂げたのである。

その日が来るかどうかも解《わか》らない、まだメサラが存命だった頃。

メサラは犠牲にする子々孫々の血脈ではなく、ただ一人――遠き未来において『成る』であろう代の子供を想《おも》い、そっと独りごちる。

――「ああ、ああ、遠き子孫よ。名前も知れず、男か女かも分からぬ末裔《まつえい》よ」

――「もしも人理が終わる前に君が生まれていたとしたら、私は賭けに勝った事になる」

――「君に感謝と、同時に謝罪の言葉を贈ろう」

――「君は、神秘の薄れた遠き未来において神童と呼ばれているだろう」

――「それ故に、周囲からは疎《うと》まれるかもしれない」

――「それだけの資質が、その身体《からだ》には与えられている筈《はず》だ」

――「恐らくは辛《つら》い人生を歩むだろう」

――「その上、魔術刻印を受け継いだその瞬間……君の存在は、消え去る事になる」

──「死ぬのではない。消え去るのだ」
──「どこに辿《たど》り着《つ》く事もなく、世界に刻まれる事もなく、ただ消える」
──「だが、それを引き替えに新しい霊長がこの星に生まれ落ちる」
──「さようなら、会う事もない末裔《まつえい》よ。すまない、そしてありがとう」

誰にも聞かれぬ場所で、メサラはまだ生まれていない誰かに謝罪と感謝の言葉を口にする。

ある意味では、それが最も彼の魔術師らしからぬ点だったと言えるかもしれなかった。

──「君は、必要な犠牲なんだ」

そして──長い時を経て、一人の赤子がこの世に生まれ落ちる。

彼の言う、『成る』であろう世代。

エスカルドス家の大望に捧《ささ》げられる生贄《いけにえ》の子、フラット・エスカルドスが。


最終的に賭けに勝ったメサラ・エスカルドス。

しかしながら、誤算はいくつかあった。

彼の存在を怖《おそ》れ過ぎた両親が一計を案じ、魔術刻印を絶対に取り返せないであろう場所に流した事がその一つ。

地元の魔術師達の間で有名な裏カジノでわざと大負けしたフラットの両親は、賭けの代償として、エスカルドス家の魔術刻印を譲渡したのだ。

その裏カジノを経営していたのが、メサラの古き友人——『財界の魔王』と呼ばれる存在だったという事は、メサラにとって壮大な皮肉だったかもしれない。

だが、その程度は些《さ》細《さい》な誤算であり、実際にフラット・エスカルドスは仲間の助けを借りてフェムの船宴《カーサ》に挑み、その刻印を取り戻した。

残る二つの誤算こそが、メサラ・エスカルドスにとって完全に予想外のものだった。

一つは、フラット・エスカルドスが、メサラの想定以上の鬼才として生まれた事。

もう一つは、少年が出会ってしまった事だ。

時計塔の君主の名を借り受けし、一人の凡庸なる魔術師に。

×　　　×

現代　時計塔

「現代魔術科《ノーリッジ》のロードは、現在外部との接触を禁じられております。どうぞお引き取りを」

「そんなあ」

法政科の紋章をつけた人間にそう言われ、一人の少年がすごすごと引き下がる。

彼は人形師ランガルの内弟子であり、とある重要な言伝《ことづて》を直接伝えるべく、エルメロイⅡ世のいる現代魔術科《ノーリッジ》の学舎へと訪れたのだ。

しかし、それは学舎への入り口で法政科の人間に阻《はば》まれてしまう。

見ると、周囲では現在のエルメロイⅡ世の生徒達と思《おぼ》しき若者達が抗議を続けており、ホムンクルスの衛兵を引き連れた小太りの青年と押し問答になっていた。

自分に対応した和服の女性には一切群がっていない所を見ると、青年の方が抗議しやすい相手だと思ったのであろう。

ランガルの内弟子である少年は、そんな生徒達の様子を見て『本当に慕われているんだな』と考えた。

時計塔の講師、特にロードともなれば敬意よりも先に畏怖の目で見られる事が多い。

親しみやすいと言われている創造科のロードでさえ、ここまで熱心に慕う者達がいるかどうかは解《わか》らなかった。

だが、少年からすればそれも納得はできる。

エルメロイⅡ世が君主となった後、他の学部から講義を受けに来る者は数多くあれど、最初から現代魔術科《ノーリッジ》の生徒として登録されている者はそこまで多くなかった。

だが、エルメロイⅡ世の現代魔術科《ノーリッジ》は、現在の時計塔においてパワーバランスを動かしうる一大勢力として扱われている。

無論魔術協会に名高き三大貴族のような強大な力を持っているわけではない。

だが、中立派、貴族主義派、民主主義派という派閥が絶妙なバランスをとっている中で、エルメロイⅡ世の教室はその天秤《てんびん》を傾けるだけの重さを持っていると言われていた。

少年は、師匠であるランガルと数日前に交わした会話を思い出す。

――『蝶《ちょう》魔術の後継者、ヴェルナー・シザームンド。ローランド・ベルジンスキー。オルグ・ラム、ラディア・ペンテルとナジカ・ペンテルの姉妹。フェズグラム・ヴォル・センベルン。この名前に共通する事はなんだと思う?』

自分が『ここ数年で色位や典位に階位をあげた魔術師達だ』と答えると、師匠から驚くべき言葉が返ってきた。

――『彼らは皆、エルメロイ教室の生徒だ』

あの時は純粋な驚きと共に沈黙したが、実際にⅡ世と会った時にはそのオーラを感じさせない佇《たたず》まいに驚かされる。

とても歴史に残る魔術師を何人も輩出する凄腕《すごうで》の講師には見えなかったが、おそらくそれは周囲を油断させる為《ため》の擬態なのであろうと少年は思い込んでいた。

「凄《すご》い教室なんだなあ。ランガル先生に頼んで、自分も講義を受けさせて貰《もら》おうかな……」

あの後に自らもロード・エルメロイⅡ世について調べたが、とにかく素晴らしい功績の数々を残している。

輩出した生徒だけでも、前述の者達に加え、少年のような若き魔術師達にとって憧れと言っても良い者達の名が並んでいた。

獣魔術の才子であり、在学中に典位にまで上り詰めたスヴィン・グラシュエート。

天然物に近い高位魔眼を宝石から磨き上げる奇傑、イヴェット・L・レーマン。

まるで雷《いかずち》を己の片割れであるかのように扱う電気魔術の俊英《しゅんえい》、カウレス・フォルヴェッジ。

一代で新たな理論を組み上げ、天体科に彗星《すいせい》の如《ごと》く名を響かせたメアリ・リル・ファーゴ。

教室へは一時的な在籍だったにも関わらず、植物科で異質な才能を見せた沙条綾香《さじょうあやか》。

「あとは……いや、あの二人はいいか……」

悪名も含めれば一際《ひときわ》有名な二人の女性魔術師が頭に浮かぶが、少年は自分もかつてその災厄に巻き込まれた事を考え、『鉱石科の悪夢』と渾名《あだな》される彼女達の事は忘れる事にした。

そして最後に、少年は思い出す。

エルメロイ教室の現役生徒の最古参であり、現在アメリカの聖杯戦争に参加しているというフラット・エスカルドスについての話を。
天恵の忌《い》み子と呼ばれたその天才について、師匠であるランガルに尋ねた事がある。
だが、ランガルは暫《しば》し難しい顔をした後、周囲に誰もいない事を確認してから言った。
――『あれには、迂闊《うかつ》に関わらぬ方がいい』
――『昔、彼に「自分と同じ姿の人形を作ってくれ」と頼まれた事がある』
――『最終的には断ったが、天恵の忌《い》み子と呼ばれる者の魔術回路には興味があった』
――『そこで調べて気付いたのだ。……恐らくロード・エルメロイ殿も気付いているだろうし、彼の事を「面白い」と評したというあの天才人形師も気付いていただろうが……』
――『あれは、元より【器】として作られた人形のようなものだ』
――『エスカルドス家の祖が何を入れるつもりだったのか……その興味は尽きんがな』

二十一章
『ヒトを模《かたど》りしモノ達』

それの存在を視認、もしくは魔力感知などで認識した者達の反応は様々だった。

だが、取るに足らぬと対処を後回しにするものは居れど、完全に無視をする者は一人たりとも存在しない。

彼らは気付いたのだ。

恐らくは、この地に招かれざる『異物』――英霊と同格のなにかが顕現したのだと。


それが誕生した瞬間に最も近くに居たのは、セイバーである獅子《しし》心王《しんおう》とマスターであるアヤカの一派だった。

「あ、ああ……いや……イヤだ……」

目の前で起こった惨劇の結果――頭を吹き飛ばされた青年の死骸から眼《め》を背けるように頭を抱え、そのまま地面へと膝を落とすアヤカ。

「――――っ」

現実を否定するかのように絶叫するアヤカだが、心の中で別の感情もわき上がっていた。

――まただ。

――私は、また、見殺しに……。


そんな諦念にも似た感情と、それを覆い隠すかのような焦燥と恐怖。

目の前にいた初対面の青年が突然死んだという事実を前に、様々な感情が襲ってきては、精神の防衛反応であるかのように冷静になろうとする別の自分が顔を出した。

――あの人が撃たれたのは、なんで？

――私の事を知ってるみたいだった……。でも私はあの人を知らない。

――私がマスターだから？

――じゃあ、彼もマスター？　だから殺された？

ならば、次に狙われるのは誰か。

「……！」

状況を即座に理解したアヤカは顔を上げてなんとか立ち上がろうとする。

だが、目の前で起こった出来事への衝撃が脳を通して全身の神経をも掻《か》き乱《みだ》していたようで、足に力を入れようとしても背骨の震えに感覚の全てが吸い取られた。

そんな彼女は――気付けば、セイバーに抱えられていた。

近場の建物の中に勢い良く運び込まれると、アヤカは周囲のビルから完全に死角となった場所で床に降ろされる。

「アヤカ。大丈夫か」

「……！」

――そうだ。

――震えてる場合じゃない。

「うん、ありがとう」

アヤカの震えを止めたのは、セイバーと改めて行った契約の記憶だった。

――『問おう』

――『君が、俺のマスターか』

自分は、セイバーの問いに答えた。

形式など知らず、気が利《き》いた言葉を返す事ができたわけでもない。

ただ、頷《うなず》いた。

顎を下に動かすだけの単純極まりない動作だが、あれほどまでに覚悟を決めての行動は、記憶にある限り初めての行動だったように思える。

——私は、私の意志でマスターとなる道を選んだんだ。

彼女がそう再認識すると同時に、その時に決めた覚悟が蘇《よみがえ》る。

震えが止まり、悲鳴は喉の奥に押し込まれる。

マスターとサーヴァントの関係というものを、今でも完全に理解したわけではない。

だが、もう『巻き込まれた部外者』などと言う泣き言が通用しないのは確かだ。

何をしても、自分はどうやらこの運命の螺旋《らせん》から抜け出せないらしい。

望もうと望むまいと、選択は迫られる。命は狙われ、理不尽はこちらの都合を踏みにじる。

だが、もう自分一人ではない。

自分が簡単に潰れたら、契約したセイバーの存在も土に還《かえ》るのだ。

——それは、駄目だ。

——私はまだ何一つ、この王様に借りを返せていない。

——……違う。借りを返す為《ため》じゃない。

——これは、私の我《わ》が儘《まま》だ。

自分の存在意義すら曖昧で、なんの為《ため》に生きているのかも解《わか》らぬまま生死を懸けた闘いに巻き込まれた。

それを覆《くつがえ》す為《ため》に。

自分とは何もかもが違う、このお節介で奔放なセイバーと共に並び歩む為《ため》に。

今ここで、悲鳴を上げて逃げるわけにはいかない。

アヤカの全身に力が巡り、失われていた感覚と血の気が一斉に戻る。

全身を駆け巡るこのざわめきが魔力というものなのか、それともただの空元気か。

——それに……目の前で知り合いが死んだのは、これが初めてじゃないし……。

自嘲気味にそんな事を考えてしまった後、アヤカはふと、困惑する。

——あれ……？

——一度目は、誰が、死んだ、んだっけ……？

——いや、今はそんなことを考えてる場合じゃない。

心の中にざわめきが生まれたが、知った事ではないとばかりにアヤカは立ち上がった。

そして、次になすべき事を考える為《ため》に己の置かれた現状を考察する。

「……」

数十秒前の惨劇が思い起こされ、血の色と臭いがフラッシュバックし吐き気がこみ上げる。

だが、アヤカはそれを無理矢理押し込み、セイバーに状況を問《と》い質《ただ》した。

「なにがあったの？」

「狙撃だな。複数の射手に囲まれている。俺達英霊に普通の弾丸は通じないから、マスター狙いだろう」

「え？　それって……英霊の攻撃とかじゃなくて……銃、ってこと？」

アヤカは唾を飲み込み、自分の周囲にキョロキョロと視線を巡らせる。

自分では狙撃手を含めた襲撃者を見つける事などできないだろうが、それでも確認せざるを得なかった。

「私に話しかけてくれた人……もう……」

聖杯戦争はルール無用の潰し合いだ。衆目のある昼の町中でそんな真似《まね》をする輩《やから》がいるというのは十分に考えられる。

神秘の秘匿というものについては一応形だけはセイバーから聞かされたが、当のセイバー自身がテレビのインタビューに答える始末だ。病院の前での激闘だけを見ても、町中の人混みが安全だなどとは思っていなかった。

「そっか……銃で人を殺すだけなら、『神秘の秘匿』とかいうのにはひっかからないんだ」

「まあ、そうなるな。過去の聖杯戦争で実例があったのかもしれない。いや、効率重視の魔術師なら寧《むし》ろ推奨してるのかもな。だからこそ俺達サーヴァントがいるわけだ」

銃器で武装した傭兵《ようへい》のような者達が闊歩《かっぽ》している事は、シグマの例や沼地の屋敷《やしき》の周囲を監視していた集団で理解している。本来ならば、大多数が剣や槍《やり》で武装しているジョンをはじめとした警官隊の方が異様なのだ。

だが、武装した者達の凶弾がこちらを狙うとなると、安心できる場所など殆《ほとん》どないのではなかろうか？

　そう考えたアヤカは、背筋に薄ら寒い風が走り抜けるのを感じながら尋ねる。

「……じゃあ、いざとなれば、例えばこのビルごと爆弾とかで吹き飛ばされるって事？」

「そうだな。本当に殺すだけが目的なら、当世ではミサイルだの化学兵器だのっていうのがあるんだろう？　ただ、そこまでやると街の儀式基盤そのものを破壊しかねない。逆に言うと、聖杯戦争の儀式を妨害するだけなら、まあ、町ごと水爆とかいう奴《やつ》で吹き飛ばせばいいという事になるし、儀式の勝利が目的でもビルの一つや二つぐらいなら躊躇《ためら》い無く潰すだろう」

　セイバーはそこまで言った後で、やや真剣な顔でアヤカを見ながら言った。

「中にコロッセオの如《ごと》く人が満ちていようと、お構いなしにだ」

「……もう、文字通りの戦争だね、それ」

　皮肉を口にする事で重い現実を誤魔化し、アヤカは心を落ち着けてセイバーに問う。

「あの人の死体、どうなったのかな……」

　自分の事――正確には、自分と同じ名と顔を持った『沙条綾香《さじょうあやか》』について知っていると思《おぼ》しき青年。

　少しでも情報を知りたいという思いと、自分に会いに来たから撃たれたのではないかという罪悪感が入り交じり、アヤカはせめて彼の名前だけでも知りたいと思っていた。

　だが、セイバーは難しい顔をして、自分達が入って来た入り口の方に意識を向けている。

「？　どうしたの？」

「いや……俺も不思議なんだが……。ロクスレイの話だと、撃たれた青年が起き上がったと」

「……え？」

ロクスレイというのは、セイバーが宝具の一部として連れている仲間の一人だ。

念話か何かで報告を受けたようなのだが、アヤカにはどういう事なのか理解できない。

「え、でも、頭を撃たれて……。生きてた？　まさか、そういう魔術があるの？」

「彼は英霊ではなかった……という俺の見立てが正しいとしていくつか推測はできる」

セイバーはそう言うと、手の指を一つずつ立てながら推測を述べていく。

「ひとつ、幻術か使い魔の身代わりだった。可能性はあるが、だったらすぐに起き上がらせる意味がない。ふたつ、魔術の力で吹き飛ばされた頭が再生した。……魔術に詳しい供回りの話じゃ、かなり高度な魔術刻印や魔法に近い神秘でもあれば、形だけは蘇生《そせい》する可能性があるそうだが……これは保留だな。みっつ、高位の吸血種や精霊種、星の内海から来た幻想種や、星空の彼方《かなた》から来た降臨者みたいなイレギュラーだな。この場合だと少し不味《まず》い」

「不味《まず》いって、なにが？」

「神秘の秘匿以前の問題だ。人間の街なんて、それこそ気に止める必要すらない砂の城だ」

過去に見た『何か』を思い出しているのか、覇気と高揚、畏怖と好奇が入り交じった複雑な表情をしているセイバー。

だが、続く状況の報告を受けたのか、真剣な表情でアヤカに言った。

「あの青年を撃った射手達は……もう始末されたな」

「始末って……」

その単語の意味する所を理解し、唾を呑《の》み込むアヤカ。

「アヤカ、どうする？　俺としては連戦も望む所だが、敵か味方かも解《わか》らない以上、今は君の安全を第一に動く事を薦める。魔力はともかく、精神の疲弊は継戦能力を落とすからな」

生前に数多《あまた》の戦場を駆け抜け、身内の謀略すらをも切り抜けてきたセイバーの勘が告げる。

今、建物の外から感じ取る気配が、並の英霊以上に危険な存在であると。

「敵か味方か判別する間に、この建物ごと更地にされる可能性がある」

×　　　×

次いで近くに居たのは、アヤカと共に固有結界から現実世界へと戻って来た警官達だった。

数分前。

ジョンやヴェラは、大通りに響いた風切り音とアスファルトが砕ける音を耳にし、それが遠方からの狙撃によるものだと気付く。

彼らが周囲を見渡すと、少し離れた場所で、胸から赤い血を流すフラットが立っているのが見えた。

続いて、彼の頭が吹き飛んだのを見た瞬間、ヴェラが指示を出すまでもなく、彼らは近場にあった建物や車の陰に身を隠した。

「アヤカ・サジョウは……セイバーが護《まも》るか」

民間人であるアヤカの事を案じたジョンだが、セイバーが水の障壁を張りながら連れていくのを見て安堵《あんど》し、同時に、言いようのない怒りと悲しみが脳髄を支配する。

──くそ、フラット・エスカルドスが……。

──誰の仕業だ⁉　他の陣営のマスターか⁉

最初に予想したのは、バズディロット・コーデリオンの陣営であるスクラディオ・ファミリーの構成員達による狙撃だった。

だが、ここは中央通り。

警察への襲撃があったとして周囲の立ち入りを制限している上に、ここは聖杯戦争の『運営側』の管轄だ。

──まさか、運営側の人間が……？

──署長は何か知っているのか？

狙撃を担当する遠距離攻撃タイプの宝具を持った仲間もいるが、今のは宝具ではなく通常の銃器による物理的な狙撃だろう。

ならば誰の仕業か。

ゆっくりと推測できる状況ではない。

ヴェラは署長への連絡を試みているようだが、そうしている間にも事態は動く。


彼らは見た。

頭が吹き飛んだ同盟者――フラット・エスカルドスの傍《そば》から、見た者の正気を奪い去らんとする名状しがたき怪物が生まれ、近場のビルに向かって飛び立つのを。

それは恐らく、英霊ジャック・ザ・リッパーの最後の抵抗だったのだろう。

だが、感情のままに力を振り絞ったその英霊は、ビルの屋上に辿《たど》り着《つ》く前に光の塵《ちり》となって消えて行く。

魔力のパスが切れ、己の姿が保てなくなったのだ。

完全に消滅したか、強制的に霊体化しているのかは解《わか》らない。

どの道、マスターが死んだのならば再契約しなければ消滅するだけだ。

ジョン達にとっては、教会の中で少し話しただけの青年だが、それだけで彼らはフラット・エスカルドスの人間性はある程度把握していた。

フラットは確かに魔術師らしくはないし、一般人としてもかなり逸脱している性格はしていた。だが、決して悪人ではないという事も理解している。

これは、ジョン達が魔術師ではあるものの、時計塔などの価値基準からは乖離《かいり》した、警官という立場に身を置く魔術の行使者という特異な価値観を持っていた事も関係しているかもしれない。

──『君達は、正義だ』

聖杯戦争が始まる時、署長が告げたその言葉が、祝福のように呪詛《じゅそ》のように彼らの身体《からだ》を駆け巡っている。

だからこそ、自分達の目の前で同盟者が、まだ年若い青年があっさりと命を摘まれるという状況が受け入れがたかった。

正義の為《ため》ならば、場合によっては繰丘椿《くるおかつばき》という少女を手にかける覚悟すらしていた『二十八人の怪物《クラン・カラティン》』のメンバーだったが、覚悟をする暇すら与えられずに見せつけられた残酷な死に憤《いきどお》りを覚え──

次の瞬間、その激情が困惑へと変わる。

「え……？」

ジョンだけではない。

ヴェラもまた、驚きに目を見開いて署長との通話を中断した。

他の警官達も、様々な表情を浮かべて目の前の状況に混乱する。

なにしろ――頭を吹き飛ばされた筈《はず》のフラット・エスカルドスの身体《からだ》が影に包まれたかと思うと、失われた筈《はず》の頭部を取り戻して立ち上がったからだ。

一瞬、病院の前で闘った弓兵が纏《まと》う『泥』が思いおこされる。

だが、それは違うとすぐに理解する。

あの時の『泥』は全てを燃やし尽くすような赤黒さだった。その後に自分達を呑《の》み込んだ繰《くる》丘椿《おかつばき》のサーヴァントは、全てを引《ひ》き摺《ず》り込むような寒気を感じさせる暗翳《あんえい》だった。

それらと比べると、フラットの身体《からだ》を包み込んでいたものは、完全なる虚無。

光の全てを吸い込むかのような純粋なる漆黒は、やがてフラットの胴体に穿《うが》たれた弾痕へと集束し――

その虚無の奥に現れた者を見て、警官隊の幾人かは悲鳴を上げ、ジョンやヴェラも冷や汗を全身に滲《にじ》ませながら理解した。

あれは決して、フラット・エスカルドスなどではない。

もはや、人間ですらないのだと。

×

×

クリスタル・ヒル最上階

それが誕生する気配を感じたティーネ・チェルクは、全身に毒を注ぎ込まれたかのような錯覚に囚われた。

だが、それでも彼女は自らのサーヴァント——ギルガメッシュの肉体を維持する為《ため》の魔術を止めようとはしない。

一瞬たりとも気を抜けば、目の前の肉体が霊基を保てずに崩壊する事が解《わか》っていたからだ。

外の様子を見ようと窓の傍《そば》に集まった一族の部下達から、困惑の声が聞こえてくる。

それでもティーネは動かない。

次いで、恐怖と焦燥に満ちた部下達の声が聞こえてくる。

あれはなんだ、と。

怪物だ、と。

胡乱《うろん》な言葉がスイートルームの中に飛び交う。

ティーネは魔術師達の言葉としてはあまりにも曖昧に過ぎるその叫びの数々を聞いても、部下達がおかしくなったとは思わなかった。
彼女の魔術は、土地の龍脈から大地の魔力を引き出すものである。
故に、明確に感じ取る事ができたのだ。
その大地の上に、何かしら『異物』が生まれたのだと。
英霊とも魔術師とも異なる力を持つ、理不尽な何かが降臨したのだと。
しかし、それを理解してもなお、彼女は魔術の手を止めなかった。
まるで、そんなことは些事に過ぎないとでも言うかのように。
魔力を注ぎながら、彼女は自分の在り方というものを自問自答し続ける。
己に足りなかったものは何か。
己がしなければならない事は何か。
自分は、ティーネ・チェルクとは何者なのか？
後悔に囚われた少女は、答えを探し続ける。

ギルガメッシュ。
その類い希《まれ》なる英霊のマスターたらんとして。
偉大なる英雄王の臣下たらんとして。

×　　×

スノーフィールド西部　森林地帯

「……」

冬の湖面のように美しい銀色の髪を靡《なび》かせ、フィリアの身体《からだ》に宿った者が振り返る。

森の中から街の方を見ていた彼女を見て、バーサーカー——フワワのマスターであるハルリが問い掛ける。

「……どうしたんですか？」

「ん、ちょっとね」

軽い調子で答えるが、その言葉を耳にするだけで、ハルリの体内の魔力が激しくざわめく。

目の前にいるのは、ウルクの豊穣《ほうじょう》神たるイシュタルを名乗る霊基が宿ったホムンクルス。

正確にはイシュタル神が世界に残した『加護』が人格として宿っている形らしいのだが、ハルリにとっては神霊本人を相手にしているも同じ事だった。

そんなハルリの様子を気にも止めず、神霊の残響に乗っ取られたホムンクルスは市の中央に聳《そび》え立《た》つクリスタル・ヒルを見て、物珍しそうに呟《つぶや》いた。

「ふうん。この時代でも、あ﹅あ﹅い﹅う﹅の﹅が生まれる事ってあるのね」

「？」

「まあいいわ。祝福するか排除するか、それを決めるの今じゃないから。それより、グガランナを迎える準備をしないと！　面倒だけど、合流するまで二人には手を出さないってあの子に宣言しちゃったしね」

興味は引かれたが、自分が相対するのは後だとばかりに話を変える『神霊憑《つ》き』。

彼女の言葉を聞き、ハルリが心中で首を傾《かし》げた。

――『二人』……？

恐らくは、前々から言葉の端に出てくる『自分がこの場に顕現した原因』である二人の事だろう。そしてハルリは、その内の一人は教会の前で闘った黄金の鎧《よろい》を着たアーチャーの事だと思っていた。

だが、そのアーチャーはフワワが始末をつけた筈《はず》である。

にも関わらず、『二人には手を出さない』とはどういう意味なのか？

――神霊の考えている事は解《わか》らない。

――バグのようなものが起こっている？　それとも……。

「そういう意味じゃ、森にあのガラクタがいないのは僥倖《ぎょうこう》だったわ。これも世界がちゃんと私に尽くしてる証拠よね」

己の絶対性を疑わぬ言葉を吐き出しながら、彼女は堂々たる立ち振る舞いで森を睥睨《へいげい》した。

「いい土地じゃない。あのガラクタにはもったいないから、私が有効活用してあげないとね！」

そして、言葉だけを聞くと冗談としか思えないが、神霊の声が上乗せされる事によって意味合いが変わる『神託』を口にした。

「この土地を、新しいエビフ山にするわ！」

「……はい？」

こちらを圧倒する神秘が含まれたフィリア《イシュタル》の声に対し、それでもハルリは思わずそんな反応をしてしまう。

——エビフ山って……ザグロス山脈のジュベル・ハムリン？

——エンヘドゥアンナの書いた叙事詩の中で、イシュタル様が滅ぼしていた、あの？

困惑するハルリに対し、その美しきホムンクルスは、神性を上乗せし常人には抗《あらが》えぬ魅力を持った微笑《ほほえ》みを浮かべた。

これは、冗談でもなんでもないのだと強調するように。

「グガランナ《あの子》が来るまでに神殿を建てるから……手伝い、よろしくね！」

×　　×

スノーフィールド工業地区　食肉工場

「……」


バズディロット陣営の工房となっている食肉工場。

ハルリのサーヴァントであるバーサーカーによって大部分が破壊され、プレラーティによる幻術で取り繕っていた状態だったが——この1日の間で、幻術に頼らぬ機能回復もかなり進んでいた。

そんな中、霊体化していたアーチャーことアルケイデスが顕現し、『泥』を介して魔術結晶を取り込む作業をしていたバズディロットの前に立つ。

「どうした」

必要最低限の言葉で問うバズディロットに、アルケイデスが答える。

「私を出し抜いた魔術師……恐らくは我が身と縁のある土地の男が、裏返ったようだ」

「厄介事か？」

「相対せねば解《わか》らぬ。だが、気配の質を見るに……人類にとってはそうかもしれんな」

淡々とした調子で語るアルケイデスに、バズディロットは作業の手を一切止めず、サーヴァントの方を振り返る事すらせずに言った。

「ならば、好きにさせておけ」

バズディロットもまた淡々とした調子で言葉を返し、己を侵食しようと体内で暴れ続ける『泥』の中に魔力と感情を逆流させる。

まるで、人類の悪意が詰まった『泥』を愛《め》で、育て上げているかのように。

「敵の敵が味方とは限らんが……利用できる破綻は、多ければ多いほどに良《い》い」

×　　×

スノーフィールド北部　大渓谷

「大丈夫か？　マスター」

ライダーの霊基として顕現したヒッポリュテが、どこか相手を気遣うような口調で問う。

マスターと魔力のリンクを繋《つな》げている彼女は、マスターが激しく動揺している事に気付いたからだ。

その理由を問う事はしなかった。

マスターが動揺する理由に、心辺りがあったからだ。

渓谷の一部に、土地と空間そのものを改変して造り上げられた天然の工房。

内側からは外の様子が広く把握できるにも拘《かか》わらず、外からの干渉は悉《ことごと》く遮蔽する高レベルに異界化された空間だ。

その技術に素直に感服する一方で、ヒッポリュテは気を引き締めつつ『マスターが動揺した原因』――街の方角に現れた、あまりにも異質な気配に意識を向ける。

「こちらはいつでも動ける。私はサーヴァントとしてここに居るが、アマゾネスの女王の立場だったとしても、対等な友の為《ため》に身命を懸ける事に吝《やぶさ》かではない」

「ああ、大丈夫だ。……心配を掛けてすまない、ライダー」

工房の奥から、若い男の声が響き渡った。

ヒッポリュテはその言葉を信じ、それ以上は何も追及しない。

自分のマスターは、信頼に値する存在だ。

サーヴァントとして、アマゾネスの女王として、そしてヒッポリュテという個の全てが確信している。

自分は恐らく、この聖杯戦争において最良のマスターに巡り会えたと。

×　　×

『僕』にとって、『俺』――フラット・エスカルドスは愛すべき隣人だった。

――音が、する。

兄弟とは少し違う。
多重人格というわけでもない。
『僕』と『俺《フラット》』は、魂と存在基盤からして違う存在だったのだから。

――なんの音だ、これ。

――ギチ、て。何かが、軋《きし》んで。
――身体《からだ》の中で何か壊れ、千切《ちぎ》れ、折れ、なにが。

自我が芽生えたのは、僕の方が先だったように思う。
だけど、断言できない。

そもそも、『俺《フラット》』の脳機能を踏み台にして僕の自我が成長したんだとするならば、やっぱりどっちが先かなんて問いに意味はないんだろうね。


――音、音、身体《からだ》、動かな……ああ、オレだ。

――音、オレの、中。背骨、熱い。痛い。冷たい。

――オレの身体《からだ》、今、どうなって。


魔術刻印を受け継いだ瞬間に、仮の主……『俺《フラット》』の自我は役目を終え、僕の中から完全に消失する。

それが、１８００年前に描かれたシナリオだった。

メサラ・エスカルドスという、『俺《フラット》』の祖先は、ロマンチストであると同時に確かに魔術師でもあったらしい。

君達の良く知る魔術師らしさだ。

そっちの方が、君達としては安心するんだろう？


――ここ、こ、声、こえ。誰の、声だ？

――何も見えない、誰、どこ。どこに。

忌《い》み子と呼ばれて、両親からすら疎《うと》まれていた魂は、僕に取り込まれる事すらなく、ただ不要なデータとして消え去る筈《はず》だった。
でもね、『俺《フラット》』は『僕』に気付いた。
気付いてたんだよ。信じられるかい？
意識の萌芽《ほうが》したその瞬間から、自分を構成する回路の裏側に、『僕』がいるって事に。
その天才性に僕は関係ない……と思う。
僕の肉体としての完成個体ではあったけれど、目だけとはいえ、それを発現させる事ができたのは彼のセンスだ。だけど、彼の凄《すご》い所はそんな事じゃあない。

——オレの目玉、どこに。

——思い出せ、指、抉《えぐ》られ、あの化け物に。

——フラット、フラット。

——そうだ。フラット・エスカルドス。

——標的の、名前、だ。

——オレが、オレ達が、撃ち殺したあのガキ。

——ファルデウスは、ただの魔術師だって。

——殺した筈《はず》なのに、なんで。

——英霊の仕業？　いや、違う。

僕という存在の演算記述《プログラム》が仕込まれている魔術刻印の移植が始まらなければ、僕は不完全な存在に過ぎない。

だから、消そうと思えば消せた筈《はず》なんだ。

他人に自分の魂を焼き付けて転生する吸血種の話を聞いた事があるけれど、残念な事に、僕の存在はそれほど強固なものじゃない。

メサラの設計した魔術刻印と組み合わさって、初めて僕は完成する手筈《てはず》だった。

その以前の段階で気付かれたのなら、逆に僕の方が消え去る。その時は、完成した身体《からだ》の方でメサラの魔術刻印が起動して次代に機会だけが引き継がれる。次善の策という奴《やつ》だろうね。

でもね、『俺《フラット》』は僕を消さなかった。

ある程度成長して、僕がどういう存在なのか気付いた後も、僕を消し去る手段を得た後も。

『俺《フラット》』は、自分を消し去る予定の『僕』に手を差し伸べてきた。

全部解《わか》った上で。

祖先の目指したものの意味を理解した魔術師なら、喜んで自分を捧《ささ》げるのかもしれないけれど……『俺《フラット》』は、そういうのとは違った。

まあ、僕の方……というより、メサラも少し特殊だったのかもしれない。

魔術刻印に刻まれていた情報の中にも、僕に魔術師らしさを求める演算は無かった。

ただ、生き続ける事、在り続ける事だけをメサラは求めていた。

自分自身ではなく、自分の生み出したモノの存続を。

できる事ならば、人理の終わりか、あるいは人類が星と切り放された後でさえ、この星の上で生き続ける道を求めろと。


——なんだ、この声は。

——オレに……オレに話しかけてるのか？


……おや、やっと意識をこっちに向けてくれた。

いや、状況に意識が慣れたのかな？

やっと、っていうのは少し変か。

この星における規範軸の時の流れで言うなら、僕が君の意識を加速してから、まだ3秒ほどしか経《た》っていないんだからね。

――意識を加速？　何を……。

――何も見えない、真っ暗だ。

――念話か？　どうなってる？　身体《からだ》が動かん！

真っ暗なんてことはないよ。
世界はこんなにも明るくて、眩《まぶ》しくて……生きる価値があるものだ。
『俺《フラット》』が僕にそう教えてくれたんだ。真っ暗な筈《はず》がないじゃないか。
そう、ただ……今の君には見えないかもしれない。
僕が君の両目を抉《えぐ》り取《と》ったからね。
とはいえ、『俺《フラット》』が言ってたのは、視覚情報じゃなく、感情的な意味合いでの光だよ。
まあ、これから死ぬ君には、どのみち何も感じられないのかもしれない。
死、そのものに希望を見出《みいだ》すなら別だけど。
ああ、そういえば、『俺《フラット》』は心眼っていうのに憧れてたなあ。

――目を？　目、俺の目……。

――誰だ、誰……なんなんだ、お前。

――最後に見たあの姿……。

――まるで、ありゃ……。

――フラットの、別人格……なのか？

最初に言った筈《はず》だよ？　そういうのじゃあないって。

僕の事は……うん、そうか、そうだなあ。

説明しても理解できないと思うから、取りあえず悪魔のようなものだと思ってくれていい。

あくまでも『ようなもの』だけどね。

星に潜む真性悪魔だとかそういう大した存在の話じゃない。

もっと観念的な……君達人間社会の寓話《ぐうわ》によく出てくるような奴《やつ》だ。

それこそジャック・ザ・リッパーが宝具で周囲に浮かび上がらせたような、絵本じみた地獄の中に出てくる奴《やつ》らが近いかもね。

何しろ、メサラ・エスカルドスは『それ』を自分で作る事を目指していたんだから。

――メサラ？　誰だ……？　何を言って……。

――ああ、ああ、目ぇ、俺の目ぇ。

あの英霊は……デュマと名乗った男は、『僕』の存在を認識していた。

だけど、彼は僕を放置した。

僕の領域には殆《ほとん》ど触れずに、『俺《フラット》』とジャック・ザ・リッパーをかき混ぜたんだ。

その手腕は見事としか言い様がなかったし、目的が解《わか》らないのが不気味でもある。

だけど、あの瞬間にはそんな事を考える余裕は無かった。

人間の感情に当てはめて言うなら、あれは嫉妬というものだったのかもしれない。

ああ、ああ、そうだ、僕はあの殺人鬼の英霊に嫉妬したい。

『俺《フラット》』の魂と、本当の意味で混ざり合ったあの英霊に。

僕にそれができていれば、『俺《フラット》』を死なせる事なんてなかった。

君達の撃ち出した鉛弾なんて、簡単に跳ね返せていた。

寧《むし》ろ、この聖杯戦争自体を……。

……。

いや、よそう。

この聖杯戦争は『俺《フラット》』のものだった。

聖杯に捧《ささ》げる望みを持たない『僕』のものなんかじゃあない。

僕はただ、時々一緒に解析を手伝っただけだ。

『俺《フラット》』は天才だから一人でもできるけど、サボり魔だからね。僕も手伝う事が多かった。

君達の言うナビゲーションシステムみたいなものだよ。

——なんの話を……してる？

——オレは今、何を聞かされてるんだ？


ごめんね。話が少しズレたね。

僕としたことが、感傷に浸ってる。

『俺《フラット》』ならポジティブに受け止めていたんだろうけれど、僕はどうもネガティブでね。

詩とかメロドラマが好きなんだ。

だからこそ、だ。

僕が君達……襲撃者全員の思考回路を加速させて、一人一人順番に話しかけている理由はそこにある。

効率を大事にする『俺《フラット》』なら、絶対にこんなことはしない。君達を笑って見逃すだろう。

だけど、駄目なんだ。

こうしてずっと表に出てきて話すのも初めての事だよ。

『俺《フラット》』の師匠のあの不思議な先生。

彼のように話せたらいいなとは思うんだけど。

あの人の話は明瞭なのにクドくて、ウジウジしているのに芯が強い。

何より……。

……ああ、ごめん。また話がズレた。

何より重要なのは、一番大事なのは、最初に言った事だよ。

僕にとって、『俺《フラット》』は、愛すべき隣人だった。

これまでの自分語りは、それを強調する為《ため》の枕言葉に過ぎない。

船宴《カーサ》で全ての魔術刻印を取り戻して、僕が全ての知識を得た後。

自分の使命を確信して、『俺《フラット》』を消し去ろうとしたその瞬間も——

僕に笑いかけてくれた、あの救いようのない天才を。

僕の心を救ってくれた『俺《フラット》』を。

僕と共に生きると誓った『俺《フラット》』を。

君達は、殺した。

——あ、ああ。

――思い出した思い出した思い出した。

――おおオレの身体《からだ》だだだだがががが。

――こいつ、に、折りたたまれっでっでで。

――ギチ、て、音、オレの背骨。

――潰れ、千切れ、いや、どっち。いや、いや、いやだ。

勘違いしないで欲しい。

復讐《ふくしゅう》でこんな事をしているわけじゃないんだ。長く君達を苦しめるのが目的じゃない。

もちろん君達を殺すのは『俺《フラット》』を殺された報復であり、僕に刻まれた使命をまっとうする為《ため》の手段ではある。

だけど、意識を加速させてまで僕の念話を叩《たた》きつけたのは、知って欲しかっただけなんだ。

どうして君達が、こんなふうに惨《むご》たらしく殺されるのかを。

『俺《フラット》』なら、僕が殺されたとしても君達を殺しはしないと思う。

僕が誰かを殺すべきだと言った時、『俺《フラット》』はこう言うんだよ。

――『絶対に駄目だとは言わないけれど……』

――『せめて、どうして殺されるのかって、その理由を伝えた方がいいよ』

――『その方が、きっとお互いにスッキリすると思う』

――『納得されなくても、ちゃんと伝えたっていう事実が重要なんだ』

馬鹿な奴《やつ》だと思うだろう？

相手を殺せるチャンスがあるのに、冥土の土産をペラペラ喋《しゃべ》れ、なんて言うんだからさ。

効率がどうこう言って人を殺したがらないくせに、いざ殺すって時になったら、『僕の負い目がない方がいい。長い目で見ればそっちの方が得だよ』なんて言い出すんだ。

さっきだって、僕とは違うけど……あんなのをいちいち気にかけて。

沙《さ》条綾香《じょうあやか》と似てただかなんだか知らないけれど、僕達の目からすればまるで別人……いや、人間ですらないなんて一目瞭然だったのに。

だから、死んだ。

君達が『俺《フラット》』を終わらせて、僕が始まった。

僕が君達にこうして全て話したのは、フラットへの手向けだ。

言いたい事は全部伝えたよ。

引き留めて悪かった。

もう止めないし、意識の加速も解除する。

――やめ

――たす　け

ごめんよ。一つ嘘《うそ》をついていた。
本当は、長く永く深く虚無《ながなが》く苦しめたくて仕方がない。
そうしない事に感謝してくれ。
僕じゃなく、フラット・エスカルドスに。

――――。

……。

ああ、ああ。
子猫ぐらいいいの大きさにまで折り畳んだだけで、人はあっさり死んでしまう。
せめて、魂をもっと頑丈にできれば違うのだろう。
聖杯なら……魂を物質として固定化できるのか？
……この場所の聖杯では無理だ。
スノーフィールドの器の中に、『第三』の本質はない。
だけど、本物なら？
冬木《ふゆき》の聖杯ならば、どうだ？

彼の地にまだ残っているのか？　聖杯は、その残滓《ざんし》は、屍《しかばね》は。

……。

いや、惑わされるな。

今さら魂の物質化が叶《かな》った所で、時が戻るわけじゃない。

それは別の魔法の領域。三番目よりも遥かに遠い。

僕はただ、やるべき事をやるだけだ。

人間の悪意が、『僕』から『俺』を――フラット・エスカルドスを奪ったというのなら。

これは、僕の生きる意味を、命そのものを脅《おびや》かす攻撃だ。

だから僕は、反撃を開始する。

生き延びる為《ため》に。

生き続ける為《ため》に。

ただ一人、僕を理解してくれた……唯一《と》護《も》るべきだった《だ》人類《ち》の分まで。

×　　　×

スノーフィールド　中央通り

『それ』を形容するとしたら、強大な力の奔流だった。

英霊のような、膨大なエネルギーの塊というものとは些《いささ》か異なる。

周囲に満ちた魔素をそのまま一つの場に凝縮し、加速させた上で即座に放出する事を繰り返す魔素の竜巻のような存在だ。

水で喩《たと》えるならば、それは特定の形を模《かたど》った水圧カッターと言えるだろう。

巨大な滝には遠く及ばぬ水量だが、高速で吹き付ける事で岩をも断つ流体の刃。

それを思わせる勢いで魔力が循環し、触れるだけで魂そのものを砕こうかという奔流がスノーフィールドの空に渦巻いている。


刹那の輝きを永続と化すかのように、魔力をただ高速で循環させるその『異物』が模《かたど》った特定の形とは——人間の姿に他ならなかった。

フラット・エスカルドスだったものに近しくもあり、遠くも感じられる異形の人型。

ジャック・ザ・リッパーのマスターである青年が纏《まと》っていた衣服は青年自身の血で赤く染まり、ライフルで狙撃された胸元は大きく破れていた。

赤い布地の隙間から覗《のぞ》くのは、虚無と光。

ライフル弾が突き抜けたと思《おぼ》しき胸のあたりには、硬質のガラスを撃ち抜いたかのように、ヒビを伴う直線で構成された傷が口開いていた。

氷のクレバスのように斜めに細長く走るその穴から覗《のぞ》くのは、漆黒の闇。

光を全て吸い込むかのような、暗く冥《くら》い影の塊。

人の身体《からだ》の中心にあるというのに、まるで無限に続く回廊のような深さを感じさせるその坑《アナ》は、周囲の光を全て吸い込むかのようにして己の姿を際立《きわだ》たせていた。

そして、吸い込まれた光がすべてそこに行き着いたとでも言うかのように、坑《アナ》の隙間から一つの巨大な光源が覗《のぞ》いている。

光源ではあるが、坑の中の暗闇が照らされる事はなかった。

まるで己自身の存在だけを主張しているかのように、その光源――巨大な一つの眼球を思わせる『核』のようなものが、己の身体《からだ》だけに光を纏《まと》い輝かせている。

人間にはあり得ぬ巨大な目を思わせるその『核』が暗闇を支配しているのか、あるいは無限に内包された虚無が『核』を飼い慣らしているのか、第三者には知りようもない事だった。

ただ、その坑《アナ》と眼球の上にあるもの――

人型を構築する重要なパーツである頭部は、身体《からだ》の中心の異様さとは逆に穏やかたる様相をしていた。

一見すると、若い人間のように見える。

だが、フラット・エスカルドスを知る者達からすれば、遠目に見た時点で『違う』と断言する事だろう。

側頭部のあたり、フラットと比べて長く伸びた髪の合間から、短い突起物が伸びている。発光する水晶でできた昆虫の羽か、あるいは植物の葉をミックスしたような奇妙なフォルムの物体が、重力に逆らうように浮き上がりながら触覚か角のように蠢《うごめ》いていた。

ともすればハロウィンなどの仮装で何らかの幻想生物の格好をしているようにも見えるが、そのデザインの調和には神秘性に近いものすら感じられ、見ただけでそれが作り物などではないと確信させる。

一方で、顔そのものは人間離れしているという事はなく、吹き飛ばされた筈《はず》のフラットのそれを下地としてリファインしたような造形《ぞうけい》だった。

フラットの穏やかで無邪気な少年めいた瞳とは逆に、この世の全てを儚《はかな》み、憐《あわ》れみ、厭悪《えんお》しているかのような寂しげな目をしており、その周囲には刺青《いれずみ》とも疵痕《きずあと》とも受け取れる紋様が浮かび上がっている。

童顔であったフラットよりも更に若く見え、幼さすら感じられる顔だ。

体つきもやや成長が逆行しており、先刻まではフィットしていた服は急速にだぶつき、破れた場所から肌が覗《のぞ》き始める。

だが、その服の下にあったのは、やはり虚無だった。

破壊された球体関節人形のように、腰の大半や腕の肘の部分などが欠落している。

撃たれた箇所から離れているのだが、それらの部分はリアルタイムに崩壊を続けていた。

それに抵抗するかのように、罅割《ひびわ》れから漏れる虚無の影が無理矢理人の身体《からだ》を保ち続けさせている。

肘や腰がないにも拘《かか》わらず四肢が宙に浮かび上がり、五体満足であるかのようなシルエットを世界の中に形作っていた。

少年といっても良い姿の中に、幾分大人びた影と異形めいたフォルムを落とし込んでいるその『異物』は、スノーフィールド市街地の最高峰——クリスタル・ヒルの頂上へと降り立ち、ゆっくりと周囲を見渡した。

周囲のビルの屋上などに転がる、折りたたまれた人間の残骸には既に興味すら示さない。

代わりに、その中の一人が持っていた狙撃用のライフルを拝借していたようで、嫋《たお》やかな指先で引き金に指をかけた。

だが、そのトリガーを引き絞る事はなく、銃をつまらなそうに眺めた後に放り投げる。

重々しい鉄の音が響き渉り、暴発する事なく済んだ銃が高層ビルのヘリポート上に転がった。

十代半ばといった少年の姿をした『異物』は、首を機械的に捻《ひね》りながら街の全景を観察する。

フラットが初めてジャック・ザ・リッパーを召喚した中央公園が見える。

次いで、吸血種と代行者が闘っていた警察署が目に映った。

拠点としていたモーテルも、テレビの街頭インタビューを受けたオペラハウスも一望できる。

やがて視線はあの強大なアーチャーと闘った病院へと移り——最終的に、フラットが狙撃された地点で固定された。

マスターとしてこの地に訪れた青年の軌跡を視線で辿《たど》り終えると、少年は一度目を伏せ、黙《もく》禱《とう》するかのように動きを止める。

それは実際、黙禱《もくとう》だったのかもしれない。

沈黙の中で何を祈ったのか、それを口にする事はないまま——

少年は目を見開き、町中を高速で移動するモノに目を向けた。


それは、セイバーの霊基を持つ英霊、獅子《しし》心王リチャードの姿であった。


彼の腕に抱えられたモノを見て、『異物』の少年は目を細める。

同時に、その細められた瞼《まぶた》の奥にある眼球が、それと繫《つな》がる特殊な魔術回路が全てを捉えた。

セイバーの抱えるモノ——『アヤカ・サジョウ』の本質を。

アヤカの中に渦巻く、凄《すさ》まじい魔力の塊を。

この瞬間が初めてではない。フラット・エスカルドスの目を通し、初めてアヤカ・サジョウを見た瞬間から少年は理解していた。

自分とは正反対に、あれは魔力を湛《たた》えた穏やかで広大な湖であると。

動く事の無い代わりに、ただそこに在るだけで巨大なエネルギーとなり得る膨大な魔力量。

それが解《わか》るからこそ、否応《いやおう》なく理解せざるをえなかった。

アヤカ・サジョウは、自分とは別種であり、それでいて人類社会にとっては等しく『異物』となり得る存在だと。

「アレは……邪魔だな」

ボソり、と呟《つぶや》いたその声は本心によるものか、あるいはフラットとの決別を己に刻み込む為《ため》の儀式だろうか。

真実は少年自身にも解《わか》らぬまま、手の中に魔力の塊を循環させる。

ビキリ、ビキリと何かが軋《きし》むような音が響き、胸の坑から滲《し》み出した影が両腕を包み込んだ。

欠落した肘の部分に円形の魔法陣が浮かび上がり、胸から送り出される魔力を増幅させながら宙に浮く前腕を通して指先へと集中させていく。

腕を包み込む影は膨張しながら更に魔法陣を形作り、欠落した肘の部分や突き出した手の平の先へ二重、三重に発動させた。

のみならず、背中から伸びた影は己の身体《からだ》から剝離した水晶の欠片《かけら》のような物質を搦《から》め捕《と》りながら翼のように広げ、大気の中に立体的な紋様を描き始める。

その様子を離れた場所より観測していた魔術師の一人――フリューガーは、後に本来の雇い主へと次のように報告した。

――『常識じゃ考えられないが』

――『ありゃ多分……魔術回路……いや、外部拡張された、魔術刻印だ』

――『古い家柄の化け物じみた刻印とか、そういうレベルじゃねえな』

――『周囲に湧き上がった魔術刻印が、一つ……いや、無数の生命として独立してやがった』

――『リアルタイムで成長する魔術刻印……いや、悪い、流石《さすが》に飛躍しすぎた』

と、それこそ言い放った自分自身の正気すら疑う内容を。

魔術師にとって、魔術回路と魔術刻印はそれぞれ重要な要素である。

魔術回路は魔術を扱う為《ため》の根本的な『器官』であり、擬似的な神経として体内に張り巡らされている。魔術師達はその回路の本数を一本でも多く増やす事を目指しており、彼らの血統主義の理由の一つにもなっている。

魔術刻印も同様に、魔術師として血統の積み重ねを表すものだ。しかし、こちらは生体機能として備わっている魔術回路とは違い、家系ごとにデザインされた一子相伝の『人工臓器』だ。

数百年、数千年をかけて少しずつ作られていく筈《はず》の刻印が突然体の外部に増殖するなど、普通に考えればありえない事だったのである。

ただ、少年が己の周囲に構築したものの正体がなんであれ、それがなんの為にあるのかはすぐに解《わか》る事となった。

街の大気に満ちる魔力。

あるいは聖杯戦争の為《ため》に割り当てられた土地の龍脈のリソースが、少年の周囲に猛スピードで集約されていった。

聖杯戦争という舞台になぞらえるならば、明らかに『宝具』と呼んで差し支えない量の魔力が一箇所に凝縮される。

鋭く細められた少年の目は、その魔力を繰る両腕をアヤカとセイバー目がけて振り下ろすと雄弁に語っていた。

そして、全ての行動の結果が出ようというその刹那――


「やあ」


と、全ての緊張を霧散させるような、穏やかな声が響き渉《わた》る。

少年は動きを止めた後、凝縮した魔力を己の体内に巧みに循環させながら振り返った。

すると、いつの間にか背後に立っていた存在が、やはり穏やかな声で告げる。

「初めまして、かな」

森が、海が、山が、街が——一つの世界が、そこにはあった。

特異な『眼《め》』を持つ少年だからこそ、誰よりも深くそのように理解してしまう。

自分ともアヤカとも違うその存在は、ただただ己の力を世界の中に溶け込ませていた。

気配を遮断しているわけではない。

己の力強い気配を隠す事なきまま、この広い世界と同化しているのだ。

人の形をした大自然。ある意味では神霊や精霊に近しいその存在を目にした少年は、胡乱《うろん》げな眼《め》を向けたまま口を開く。

「……英霊か？　人理の守り手が、僕を消しに来たのか？」

「今はただ、マスターと共に大地を歩むサーヴァントだよ。それに、君がこの星にとってどういう存在なのか、まだ定まっていないように見えるよ」

「……なら、何をしにきた？」

訝《いぶか》しむというよりは、最初から敵と認識して最大限の警戒を続けながら少年が言った。

すると、その英霊——緑の髪を風に棚引かせる麗人は、穏やかに微笑《ほほえ》みながら答える。

「君が今、滅ぼそうとしていた子がいるだろう？」

敵意の無い笑顔のまま、その英霊——エルキドゥは、草木を撫《な》でる風のように流麗な調子で魔力を己の周りに湧き上がらせた。

「あの子達とは同盟を結んでいるんだ。攻撃の気配を感じた以上、無視はできない」

「……あの子、か。アレを人扱いするのかい、サーヴァント」

「ああ、彼女は人だよ。君が人であるようにね」

なんの衒《てら》いも無く答えたエルキドゥに対し、少年は不快そうに眼《め》を細め、僅かに奥歯を噛《か》みしめる。

「丁度良かった……僕も、確かめておきたかった」

少年がそう呟《つぶや》いた次の瞬間、己の周囲を高速で循環させていた魔力を巧みに操り、エルキドゥを包囲するように魔力そのものの塊が渦巻いていく。

「……『俺《フラット》』無しの自分が、どこまで世界を食い破れるのかってことを」

魔術の詠唱や魔術式、ある程度の道理そのものを無視した魔力操作だ。

時計塔に君臨するロード達やアトラス院の高位術者ならば、この光景を見ただけで少年の正体を察していたかもしれない。

たとえ、どれほどまでに常識外れな存在であろうとも、実際にそこにあるという現実は変えられない。

あるいは——

ロードの中でも、フラットという異質な少年を長く見ていたとある講師ならば、とうの昔に『それ』の存在に気付いていたのかもしれないが。

「性能を競うつもりかい？　……ここは違う時、違う盤上で出会えていたなら喜ばしい事だったのかもしれないけれど……」

「……」

エルキドゥが両手を静かに拡《ひろ》げると同時に、少年は魔術を発動させた。

周囲から激しい魔力が渦巻き、空間そのものを捻りあげる。

だが、ほぼ同時にエルキドゥの足元から無数の鎖が湧き上がり、空間の捻《ねじ》れとは逆方向の螺《ら》旋《せん》を描きながら周囲の空間を埋め尽くしていく。

何かが弾《はじ》けるような音がして、周囲に濃密な魔力が霧散した。

だが、それはすぐに少年の身体《からだ》に開いた『坑《アナ》』へと吸い込まれ、隙間から覗《のぞ》く眼球がエルキドゥを睨《ね》め付《つ》ける。

エルキドゥはそんな目玉に微笑《ほほえ》みかけながら、先刻の言葉の続きを口にする。

「悪いね、今はマスターを護《まも》るのを優先する」

次いでエルキドゥは、地面から伸びた鎖の一つを手に取った。

鎖はまるでエルキドゥの身体《からだ》に吸い込まれるかのように絡《から》みつき、やがて服に染《し》み込むように一体化していく。

「君と決着を付けようとすると、この一帯が巻き込まれる。それは避けたいんだ」

エルキドゥは手から鎖を伸ばしたまま、ゆっくりと少年に歩み寄り――ほんの僅かに、寂しさを交えた微笑《ほほえ》みを浮かべた。

「本当は、ギルと続きをやる時の為《ため》に調整していたんだけれど……」

次の瞬間、エルキドゥは花が開くような優美さで拡《ひろ》げた両手を地面に翳《かざ》す。

そして、力ある言葉で己の宝具の名を紡《つむ》ぎ始めた。

「――星に刻まれし傷と栄華、今こそ歌い上げよう――」

それを言い切るのを待たずに少年は次なる一手を打とうとしたのだが、高層ビルの下方から迫る膨大な魔力に気付き、加速させたエネルギーの全てを防御に回す。

「――――――『民の叡智《エイジ・オブ・バビロン》』――」

それは、エルキドゥが普段から詠唱などを必要とせずに使用している宝具だった。

鎖を通して星と繋《つな》がり、人理が生み出したものを大地より再現する、ギルガメッシュが持つ

『王の財宝《ゲート・オブ・バビロン》』と対を成す存在と言える代物だ。

普段から手足の如《ごと》く使いこなしているエルキドゥの基本武装とも言えるその宝具だが、言の葉に霊基の欠片《かけら》を乗せて行使した今、初めてその本質が垣間見《かいまみ》えた。

まずは、普段と変わらぬ剣や槍《やり》といった刃が鎖と共に屋上の底面より大量に現れ、次々と少年の身体《からだ》に襲い掛かる。


襲い来る暴威の千刃を前にして、少年は考えた。

完成した自分に、何ができるのか。

フラット・エスカルドスという親愛なる枷《かせ》がパージされた今、メサラ・エスカルドスの望むものと成り果てた。

ここから先は、まだ経験していない領域だ。

しかし――知識は既に持っていた。

今の自分にしか理解できぬ形で、エスカルドス家に受け継がれてきた魔術刻印の中に全てが刻まれている。

故に、少年は焦《あせ》らなかった。

目の前に迫るのは、無数の刃。

その一つ一つが人理における至高の武具の再現であり、生半可な霊基では触れただけで消し飛ばされる事だろう。

そのような鋭さが、獲物を狙う隼《はやぶさ》を超える速度で百、二百と迫り来る。

少年は、そんな刃の煌《きら》めきの群れをゆっくりと眺めていた。

先ほど殺した狙撃手達にそうしたように、己の意識を極限まで加速させ、主観として捉えた世界の流れを停滞させる。

無論、本当に時間が止まりつつあるわけではないので、それに合わせて少年自身の動きも鈍り、周囲を取り囲む空気が強い粘性を持った生ぬるい海のように感じられた。

だが、少年はその全身を走る魔力回路に流れるオドを加速させ、周囲に纏《まと》わせたマナと急速に交換して循環させていく。

内燃機関を底上げした上で、外付けしたロケットエンジンを稼動《かどう》させるかのようなデタラメな魔力の加速。

だが、それでいて魔力は完成されたアートの如《ごと》く流麗に流れ、周囲に展開する影の翼が形を変え、通常のセオリーにはない魔術式を描き出していった。

あるいはそれは、その場で新しい魔術を生み出しているかのようにも見えたのだが、実際に少年がやったのは少し違う。

高度なものから基礎的なものまで、複数の魔術を組み合わせた即興のオーケストラ。

フラット・エスカルドスが最も得意とした魔術形態であり、その場で最適な効果を出すが、本人にも二度と忠実な再現が不可能な為《ため》に体系化できないという厄介極まりない代物だ。

基本的には、少年がやったものはそれと同じ事である。

複数の系統の魔術を組み合わせる事で、少年は己の神経と四肢の動きを爆発的に加速させ、それに伴って壊れた細胞や関節を修復し続けた。

何重もの魔術を己の身体《からだ》に行使するが、それが負荷となっている様子は欠片《かけら》もなく、まるで少年の身体《からだ》そのものが一つの魔術となっているかのようにも見える。

フラット・エスカルドスと今の少年、行使している魔術の種類が同じ系統だとするならば、違いはなにか。

それは至ってシンプルなものだった。

ボディとエンジン。

単純にそのスペックが天と地ほども違っていたのだ。

フラットが最新型の電子制御システムを搭載した軽自動車だとするならば、少年は同じシステムを搭載した未知の駆動機械——戦車の如《ごと》く頑丈で、戦艦のようなエネルギー量を蓄え、ジェット機の推進力を持ち合わせている架空の機動兵器。

逆に考えるならば、本来その架空の何かの為《ため》だけに存在する筈《はず》だった演算器を動かす事ができてしまった事こそが、フラット・エスカルドスの天才性だったと言えるだろう。

そして今——天才は去り、天災《カタストロフ》として人類の世に再臨した。

全てはメサラ・エスカルドスの思い描いた夢へと帰結する形で。

エルキドゥの刃が迫るなか、少年は能力を発揮する。

少年は高速循環させていた魔力を己の周囲に展開し、その悉《ことごと》くを弾《はじ》き飛《と》ばした。

弾く、というよりも、エルキドゥの魔力と地球の大地から生み出されたその武具の数々が、少年がバリアのように生み出した魔力圏の壁に触れると同時に砂となって砕け散る。

エルキドゥの宝具の魔力を即座に読み取り、ハッキングする事で己の魔力の循環の中に吸収してしまったのだ。

それのみならず、その内のいくつかの武具は壊さぬまま魔力を操作し、逆にエルキドゥの身体《からだ》へと跳ね返す形で差し向ける。

カウンターの連撃となる筈《はず》だったその武具だったが、エルキドゥの身体《からだ》には届かなかった。

エルキドゥの前に浮かび上がった城壁が、その全てを受け止めたのである。

強い魔力を帯び、強固な結界の役目さえ備えた黄金色の壁。

構成された煉瓦《れんが》の一つ一つに『ナブー・クドゥリ・ウスル』という意味を表す楔《くさび》文字が刻まれた城壁が、エルキドゥの前に二重三重と重ね聳《そび》え立《た》った。

高さこそ人の背丈の倍ほどしかないが、その壁は魔力で飛ばされた武具を軽々と防いでいく。

だが、『異物』である少年は焦《あせ》りを見せなかった。

少年は高く跳躍しながら魔力を練り上げ、先刻アヤカへと打ち込む筈《はず》だった攻撃を行使する。

再び少年の背に黒い影が広がり、その周囲から高速回転する魔力帯が撃ち出された。

本来ならば、人間の魔術師が魔力をそのまま撃ち出したところで威力には限度がある。

しかし、いかなる作用が働いたのか、撃ち出されたその魔力帯の威力は通常の何百倍、何千倍と青天井に引き上げられていた。

すると、それに対応する形で即座に城壁の形が変化し、上空からの攻撃も防ぐドーム状へと変化する。

だが、攻撃の準備を終えた少年にとっては些末《さまつ》な事だ。

無数の光の帯は少年の前方で即座に集束し、魔力の光で構成された怪物となってエルキドゥへと襲い掛かる。

万象を跳ね返すとさえ感じられた多重の防壁が、一つ、二つと食い破られ、光の帯が数度往復する間にその全てが撃ち砕かれていた。

「……！」

しかし、少年はその瓦礫《がれき》と土煙の奥より現れたものを見て目を細める。

穏やかな顔をしたエルキドゥの周囲には、彼の表情とも、これまでの戦い方からも縁遠い物が存在していたのだから。

「なんだ……？　なんなんだ、お前は？」

宙に浮遊した状態のまま、少年が思わず問《と》い質《ただ》す。

あるいは、エルキドゥの真名《しんめい》を知った現代の魔術師が見ても同じ事を呟《つぶや》いたかもしれない。

エルキドゥの周囲に展開していたものは、刻まれた紋様や黄金の輝きを交えた粘土色の配色こそ、古代バビロニアを彷彿《ほうふつ》とさせるものだった。

だが、それはどう見ても、古代バビロニアに存在してはならないものだったのである。

漫画や映画というものを好んで読んでいたフラット・エスカルドス。そんな彼を通して知識を得ていた少年は、それがなんであるかを理解した。

納得できるかどうかは別として――少年の中に、フラットの目を通して見た過去の記憶が蘇《よみがえ》ったのである。


それは、勝手に連れだした知人の魔術礼装――水銀製のメイドであるトリムマウに古い映画を見せていた時の記憶だ。

少年にとって重要な記憶ではなかった為《ため》、映画のタイトルそのものは記憶していないが、氷山の中から現れた巨大なカマキリの怪物が、アメリカの街を襲撃して軍隊と戦うという内容のものだった。

その内のワンシーン。

飛来する巨大なカマキリに対し、陸軍が地上からの攻撃を開始する場面を見せながらフラットが言った。

「これ、無茶苦茶カッコイイよね！　トリムマウちゃんも、これに変身してみなよ！」

――「形状変質のパターンを申請するには、正式名称が必要となります」

機械的に答える水銀のメイドに、フラットは待ってましたとばかりに答える。

「大丈夫！　そう言うと思って、ミリオタの友達にちゃんと聞いておいたんだ！」

少年の記憶から瞬時に引き出されたのは、その資料に書かれていた『兵器』の名前だった。

――「この兵器の名前はね――――」


フラットの言葉を思い出しながら、少年は思わずその固有名詞を口にした。

「……M1……120㎜高射砲……？」


しかも、八基。

数はさして問題ではないのかもしれないが、厳然たる事実として少年はその光景が現実であると確認する為《ため》、視覚情報を再確認する。

7mを超える砲身を携え、無機質ながらも重厚なる守護影像《ガーディアン》のような印象を与えるフォルム。

それは確かにエルキドゥの出自である古代バビロニア風の外観に塗り替えられているのだが、見る者が見ればすぐに理解するだろう。

それが、50年程前までこのアメリカの地にて運用されていた『近代兵器』だという事に。

斯様《かよう》なもので彩《いろど》られたエルキドゥの陣が、クリスタル・ヒルの屋上にあるヘリポートを支配するような形で完成していた。

エルキドゥの周囲に美しく並んだ八基の高射砲は黄金色の魔力に満ちており、エルキドゥという存在と不思議と調和している。

まるでバビロニアの城壁に搭載された防衛兵器であるかのように。

あるいは——人の生み出したその近代兵器ですら、この星を彩《いろど》る自然の一部だとでも言うかのように。

街の各所よりその光景を観測していた魔術師達の内の一人は、こう語る。

現代文明の塊と言える近代兵器の中心に美しき大樹を思わせる存在が立っている姿は、皮肉を超えて歴史の一瞬を模《かたど》った絵画のようにすら感じられた、と。

『民の叡智《エイジ・オブ・バビロン》』

そのエルキドゥの宝具は、英霊として呼び出されてから常に『アップデート』を続けるという特殊な性質を持っていた。

星の記憶を引き出し、その大地から様々なものを生み出す能力。

それは、人理の歴史の模倣に他ならない。

故に、時間を経るにつれて情報はより厚く、高く、深く蓄積する。

エルキドゥという英霊が長く時代と接続すればする程に、再現できる文明が増えるのだ。

あくまで『あらゆる時代に召喚される可能性』があればの話だが——例えば生前と同じく古代バビロニアに召喚された場合、エルキドゥが再現できるのは自分が生前に識っていた武具、あるいはその時代、その大地において既に人が造り上げていたものだけだ。

逆に言えば、もしもこのスノーフィールドにおける聖杯戦争時点よりも未来に喚《よ》ばれる事があるのならば、現時点では机上の空論である兵器の数々さえ召喚せしめる事だろう。

もっとも、それが良《い》い事かどうかは話が別だ。

現代最高峰の銃器が聖剣の輝きには決して及ばぬのと同じように、宝具というレベルのものが使われる闘いにおいて、新しければ強いというわけではない。

こと魔術世界においては神代に近ければ近い程に神秘が色濃くなるというのが一つの常識であるし、現実の話としても、21世紀の最新型の拳銃を持ったからといって、ブドウ弾を詰め込んだ16世紀の大砲と正面から撃ち合うのは無謀だろう。

だが、そこは基盤そのものが神秘として存在するエルキドゥの宝具である。

ガトリング弾の一発一発にも敵対する霊基を破壊する魔力が上乗せされ、仮に最新式の航空機を生み出せば、そこその飛龍と渡り合える強化が施される事だろう。

無論、人類の可能性の極致として蒐集《しゅうしゅう》されたギルガメッシュの『王の財宝《ゲート・オブ・バビロン》』に貯蔵されたヴィマーナのような逸品を再現するには、それこそ遙《はる》か未来、人類の極致と言える時代か、あるいは逆に星を渡ってきた神々が支配していたという時代に召喚される必要があるし、異星の神々の身体《からだ》そのものや星の聖剣といった極髄を再現するには、それこそギルガメッシュの宝物庫にある同等の秘宝や世界そのものを素材とする必要があるのだが。

それでも、エルキドゥのこの宝具が『王の財宝《ゲート・オブ・バビロン》』に比肩《ひけん》しうるのには理由があった。

エルキドゥが土より模《かたど》るものの数々は、神の手を離れた人理が生み出したもの——すなわち、大地を素材として大量生産が可能だからに他ならない。

現時点のエルキドゥは現代兵器一歩手前、つい半世紀前までは最新兵器として使われていた物の数々を生み出す事が可能だった。

その一つがこの巨大な高射砲であり、更にはその一撃一撃にエルキドゥ自身の魔力が上乗せされる形で運用される。


そう、まさにこの瞬間、運用が開始されたのだ。

エルキドゥを見下ろす少年に対し、八基の高射砲が容赦無く稼動《かどう》する。

爆音を響かせ、大地より生み出された神秘混じりの火薬が砲弾をリズミカルに射出した。

「……！」

直線的な砲弾ならば、射線を見て避けるのは造作もなきことと判断しかけた少年は、すぐにその甘い考えを否定する。

撃ち出された後の砲弾さえ、エルキドゥの神秘の一部なのだ。

完全にねじ曲げる事は無理でも、物理法則を無視した軌道変更はあると即座に判断し、少年は地上より降り注ぐ砲弾を避けるのではなく、完全に防御して打ち消す事を選択する。

意識を再び加速させ、スローモーションになった視界の中で攻撃の隙を探った。

だが、減速する景色の中で、砲弾の射出する速度だけが周りの減速とズレている。

本来ならば砲身一基あたり毎分12発の速度で撃ち出される高射砲だが、フラットを通して知っていたその知識よりも、少しずつその速度が速くなっているのだ。

「まだ……加速する？」

もはや毎秒1発を超えるペースとなった高射砲の連射が八基分。

サーヴァントの宝具という反則を前に、少年の持つ思考加速というアドバンテージは帳消しにされつつあった。

少年の眼下に展開される、並の幻想種ならば一撃で消し飛ぶであろう砲弾の幕。

だが、少年の背後に孔雀《くじゃく》の翼のように展開された影の紋様から生み出される障壁もまた世の理からすれば反則の領域にあるものであり、エルキドゥが撃ち出す神秘の砲弾を次々と撃ち砕いていく。

「なるほど……仮初めの存在なのに、ここまで星に根を下ろせるのか」

淡々とした調子で呟《つぶや》く少年。

「参考になる。もう少し見せて欲しい」

彼は静かに呼吸を整え、的確に防御をこなしながら冷静に魔力を練り上げた。

弾幕のリズムを完全に把握し、その隙を突いて攻撃に回す術式に切り替えようとしたその刹那——爆炎の隙間から不意を打つ形で、直下よりエルキドゥが現れる。

地面より無数に寄り集まって伸びる鎖と一体化し、己自身を高密度の魔力の塊として打ち上げる一撃だ。

「その動きも……視えていたよ」

やはり淡々とした調子で告げる少年は、そんなエルキドゥ本体にカウンターを撃つ形で魔力を撃ち放った。

ただただ破壊を目的として調整された高密度な魔力。

エルキドゥが避ければ、街の最高峰であるクリスタル・ヒルは一瞬で瓦礫《がれき》と化すだろう。

それを理解した上での一撃が躊躇《ためら》いなく放てるのは、少年が魔術の秘匿を一切考慮していないからと言えるのだが——エルキドゥもまた、一時的に神秘の秘匿を切り捨てた。

もっともエルキドゥの場合は、マスターである銀狼《ぎんろう》からして神秘の秘匿という意識を持たない存在だったのだが。

ビルそのものを包み込むかのように、地上部分から無数の鎖が立ち上る。

時間にしてしまえばほんの数秒だった為《ため》に、遠目から見た一般人達は、クリスタル・ヒルが何か特別なライトアップでもしたのかと錯覚し——魔術師達は揃《そろ》って『勘弁してくれ』という顔で状況の推移を見守っていた。

それこそ英霊か、それに準ずる力を持たなければ止めに入る事も叶《かな》わないのだから。

屋上に達した鎖の群れは尚《なお》も天に向かって伸び続け、黄金色の巨樹となって天へと向かう。


「……はは」

撃ち放った一撃が光の大樹に吸収され、その魔力を利用して更にこちらに伸び上がるのを確認しながら、少年は嗤《わら》っていた。

「ああ、フラットに見せたかった。こういう派手なのが大好きな筈《はず》だから」

眼下より迫るエルキドゥの手刀を胸の坑《アナ》から伸びた漆黒の刃が受け止め、返す刀で複数の刃が神の人形たる霊基の胴体を貫いた。

それでも英霊の圧力は緩まる事なく、上へ上へと少年の身体《からだ》は押し上げられる。

既にクリスタル・ヒルもスノーフィールドの街も遙《はる》か眼下の景色となりつつある。

途中で少年とエルキドゥは、隠蔽魔術が掛けられた飛行船に自分達のエネルギーが掠《かす》り、その一部を破壊した事を確認した。

だが、それを気にしている余裕は互いにない。

既にビルを包み込んでいた鎖の大樹は消失しており、エネルギーは全てエルキドゥの身体《からだ》へと注がれていた。

エルキドゥは己の腕や衣服の一部を鳥のような羽へと変化させ、その羽から魔力を放出させながら更に上昇を続けて行く。

無論本来の鳥とは全く違う飛行方法だが、エルキドゥの時代を生きた幻想種の飛び方を真似《まね》ているのか、力強い飛翔《ひしょう》と共に更なる連撃を繰り出した。

少年もそれに対抗すべく、更に『翼』を拡《ひろ》げ、星の上空を巡る微《かす》かなマナを集束させる。

ふと、少年は空を泳ぐ巨大な『何か』を視認したが、それが何かを確認する暇もなかった。

こちらの身体《からだ》を尚《なお》も押し上げるエルキドゥが、唐突に口を開いたのである。

「君は、やっぱりマスターにとって危険な存在だね」

警戒を意思表示する言葉だが、その言葉にはどこか穏やかな色が感じられた。

その証拠に、エルキドゥは次の瞬間には柔和な微笑《ほほえ》みを浮かべながら言葉を続ける。

「だけど、僕は君が生まれた事を嬉《うれ》しくも思う。君の誕生を、少なくとも僕は祝うよ」

「……？　あ……うん、ありがとう」

突然の言葉に困惑しつつも、少年は思わず礼の言葉を口にした。

言葉と表情は戸惑いを見せているが、臨戦態勢は全く崩していない。

それはエルキドゥも同様であり、全身に魔力を漲《みなぎ》らせながら眼下に広がる大地に眼《め》を向け、心底安堵《あんど》したように言葉を紡《つむ》ぎ出した。

「まだ、この星が希望を捨てていない証拠だ」

そこで一際《ひときわ》強い一撃が互いを弾き、上空へと向かいながらも一端距離が開かれる。

「今さらだけど、君のことは、何て呼ぶべきかな？」

周囲の空間がいつの間にか暗くなり、頭上には星が色濃く己の存在を主張し始めた。

日が急に暮れたのではないという事は、少年もエルキドゥも理解している。

少年はそれまで胡乱《うろん》げだった目に、ほんの僅かにフラット・エスカルドスが持ち合わせていたような好奇の色を浮かべて答えた。

「……ティア。ティア・エスカルドス」

「僕の友達がつけてくれた名前だ。他に名乗るつもりはない」

こうして、ほんの数分前までフラット・エスカルドスだった少年は——

地上数十キロメートル、成層圏を超え中間圏にまで至ろうかという高さまで押し上げられた所で己の名前を口にする。

空気の密度は地上の10分の1以下だ。

それでも、二人は声に魔力が乗っているからか、あるいは互いの聴力が尋常ならざるものなのか、会話は地上と同じように成立し、エルキドゥは相手の名を確実に把握する。

だが、それで何かの決着が付くことなどはあり得なかった。

英霊と『異物』である少年には、空気の薄さも宇宙から降り注ぐ放射線も関係はない。

なおも延々と続けられた闘いにおいて、監視衛星にはオーロラのような輝きが録画されたが——それはファルデウスの組織が管理するスノーフィールドのみを監視する情報衛星だった為《ため》、最後まで世間にその映像が公開される事はなかった。

あるいは、仮に公開されたとしても問題なかったかもしれない。

この後に起こった事に対する、不謹慎なコラージュ動画。

魔術師ではない一般人ならば——あるいは聖杯戦争の事情を知らない魔術師達であっても、そう断じる事だろう。


光。

ただ圧倒的な光と、それと対になる虚無なる影がティアの周囲に展開した。

星と宙の狭間《はざま》に、もう一つの光と影が溢《あふ》れている。

エルキドゥが自然の体現者だとするならば、今のティアという少年は光と影の具現化だ。

高密度の魔力が循環する魔術式が周囲の空間を歪《ゆが》め、太陽からの光をねじ曲げ、新たなる魔法陣の一部として仕立て上げる。

一方で、光を完全に吸収する漆黒の影もまた別の魔術式を生み出し、多重構造の魔法陣となって少年の周囲に広がり始めた。

少年の魔術刻印が世界そのものに侵食していくかのようなその光景を見て、エルキドゥは少し驚いたような顔をして呟《つぶや》く。

「世界と繋《つな》がろうとしているのか……。やはり君は、全て視《み》えているんだね」

「……」

沈黙を肯定の代わりとしつつ、少年は自ら急加速して上昇すると、エルキドゥの真上に位置取りながら一つの魔術を発動させる。


「……改変開始《チートオン》」


その短い言葉には、僅かな郷愁と哀悼《あいとう》のような感情が感じられた。

フラットに影響を受けたと思《おぼ》しきその言葉を切っ掛けとして、世界の理が少年の周囲から一

時的に塗り替えられていく。

固有結界とは違い、現実世界をそのまま上書きしかねない勢いで周囲の世界の法則が揺らぎ始めた。

それに合わせ、魔力を圧縮した言葉の中に詠唱とも懺悔《ざんげ》とも宣言とも取れる意志を乗せ、世界そのものへと己の存在を浸透させる。

「我が身は人理の庇護下に非ず
地よ」

「現在の霊長が抑止に祈り、叫び、許し、憐れみ、憎む事を肯定する
人よ」

「この罅割れにて悪も善も全て呑み込み己を示さん
謳え、踊れ」

「我が瞳は人間の築き上げし万象を讃美し、故に我は人智に挑む
久遠の滅びを」

「この破壊を持って、人智の繁栄を言祝ごう、星が枯れ果てるその時まで
生き足掻け！」

最後の言葉を切っ掛けに爆発的に『歪《ゆが》み』が広がり、更なる高みも含めてアメリカ上空の一帯を覆うようにティアの魔力が拡散する。

そして、歪《ゆが》み自体が引力を生み出したかのように、星の上空を巡る個体を収集し始めた。

「……それも、人が生み出したものだね」

エルキドゥがボソリと呟《つぶや》く。

ティアの周りに集まっていくのは、俗にスペースデブリと呼ばれる残骸。

人類が星の海へ歩む為《ため》の歩みの中でこぼれ、猛スピードで空を漂う危険な夢の欠片《かけら》達。

スノーフィールドで聖杯戦争が行われているこの時点で、宇宙に漂うその量は２０００トンを超えるとさえ推測されていた。

廃棄された人工衛星から宇宙飛行士の落とした工具、あるいは鉄同士が擦れて剝がれ落ちた微細な欠片《かけら》に至るまで、様々な金属が渦に呑《の》み込まれるかのようにティアの周囲に集まり、圧縮されていく。

更には彗星《すいせい》の尾から零《こぼ》れ落《お》ちた微小物質や極小の隕石《いんせき》なども巻き込み、複数の小さな星となってティアを中心に周回した。

太陽系の惑星のように、大小様々な球体がティアの周囲を巡る。

魔力のように急激な加速を伴うそれは、濃密な魔力を纏《まと》いながらひたすらにエネルギーを増大させていった。

「……！」

エルキドゥは次に起こる事を想定し、地上からここまで運んできた己の魔力を爆発的に解放させ、迎撃の準備を整える。

次の瞬間——宝具展開をさせる間など与えぬとばかりに、ティアはその魔術を発動させるべく、力ある言葉を吐き出した。

「——『空洞異譚／忘却は祝祭に至れり《ア・クロックワーク・アバドーン》』！」

音速を遥《はる》かに超えた500キログラムから数十トンの質量を持つ複数の『月』が、エルキドゥと地球目がけて降り注ぐ。

空気との摩擦を無効化する術式がかけられているのか、燃え尽きる事も減速する事もなく超高速で打ち出されるレールガンの如《ごと》き連撃。これが全て地上に落ちれば、大地と生命に甚大《じんだい》なる被害が出る事は明白だった。

その瞬間——何処《どこ》かより流れ込んだ力がエルキドゥの体内で膨大なエネルギーとなって跳ね上がり、英霊としての全てのスペックが一時的に底上げされる。

「——『人よ、神を繋ぎ止めよう《エヌマ・エリシュ》』！」

間髪入れずに解放されるエルキドゥの宝具。

星や人理の力を借り受け、自らの霊基そのものを一つの武具として全てを貫く楔《くさび》と化す力。

エルキドゥは周囲に黄金の鎖を展開しながら螺旋《らせん》を描くように突貫し、迫り来る凶星の数々を撃ち砕かんとした。

衝突。

そして、膨大な光が溢《あふ》れ出《だ》す。

成層圏の上限に巨大な魔力の花が開き、花弁《かべん》の一つ一つが砕かれた星々を包み込んだ。

跳ね返ったエネルギーは宇宙との境目を意味するカーマンラインにまで到達すると、擬似的なオーロラとなってスノーフィールド上空の宇宙を派手に飾り付ける。

ティアの大魔術は、地球かあるいは人理に対する脅威と受け取られたのだろうか。

宝具に注ぎ込まれた抑止の力により、エルキドゥはスノーフィールドへの大質量攻撃を見事に防ぎきったのだ。

しかし——攻撃そのものを完全に無効化したわけではない。

その余波もまた、凄《すさ》まじかった。

砕かれた星の欠片《かけら》のいくつかが魔力の花びらより逸《そ》れ、拡散しながら地球へと落下していく。

その内の最も小さな欠片《かけら》は遙《はる》か東に逸《そ》れてワシントンD．C．に向かい、アナコスティア川がポトマック川へと合流する地点へと落下した。

川幅が1キロメートルほどにもなる河川の中央に落下した欠片《かけら》は、その衝撃により一瞬で川の水を空に巻き上げ、予報外れの豪雨として地震に揺れるホワイトハウス周辺に降り注がせる。

別の欠片《かけら》はイエローストーン国立公園に落下して地中に突き刺さり、マグマ活動を一時的に活性化させて地質学者達の心胆を寒からしめた。

また別の欠片《かけら》は大きく西へと飛び、太平洋を越えて日本の沿岸地域に落下する。

魔力が暴走して熱を生み出したその欠片《かけら》は、海面近くの水を一瞬で大量に蒸発させた。

高さ数キロメートルまで立ち上った水飛沫《みずしぶき》と蒸気の柱は近隣の船や沿岸地域からも目撃され、海底火山の噴火か、はたまた長距離ミサイルの落下か、あるいはエイリアンの襲撃かとネット上で大騒ぎになる。

更に別の欠片《かけら》はロシアの大地へと落下し、他国からの攻撃かと警戒態勢となり、その緊張が即座に世界中へと伝播《でんぱ》した。

だが、世界的に最も大きな影響を与えたのは、二番目に大きな欠片《かけら》だ。

膨大な魔力を保ったまま北へと飛んだその欠片《かけら》は、落下の衝撃に合わせて周囲の物質を崩壊させる。

結果として、地形こそ変化しなかったが、人類に精神的に大きな衝撃をもたらす事となった。

観測衛星が次にその姿を捉えた時——


北極海に存在している海氷のおよそ12%が綺麗に消失していたのである。


仮にこれが南極大陸上にある氷で起こっていたら、地球の水面に影響が出る程の量だ。

地上に落ちたいくつかの欠片《かけら》からはスペースデブリの一部——人工衛星の欠片《かけら》などが発見され、宇宙ステーションでも落下したのではないか、あるいは何らかの影響で地上近くにあった衛星が全て落ちてきたのではないかと人々に噂《うわさ》される事となるが——それはまだ、数時間後の話となる。


魔術的な観点において最も重要だったのは、最大の欠片《かけら》だ。

欠片《かけら》というよりは、ほぼ原形を保った星のままだったと言っても良いかもしれない。

ティアは他の星を全て囮《おとり》として、その一つに隠蔽魔術を掛けて姿と魔力を消したまま別軌道でスノーフィールドに落とそうとしていたのだ。

アヤカという少女を排除する、ただ、その為《ため》だけにだろうか。

あるいは、エルキドゥを直接落とすのではなく、マスターか、あるいは聖杯の根幹たる土地そのものを破壊しようと考えたのだろうか。

答えは、どちらも正解だったが、建前に過ぎなかった。


──誤魔化すな。

──僕は、聖杯戦争が憎い。

──聖杯の為《ため》に、フラットを殺した奴《やつ》らが、この儀式が憎い。

──人間は、人間の町は……。

──正直、ロンドンは嫌いじゃなかったけれど……。

──この町は、、、どうでもいい。

──……。

──『俺《フラット》』に伝えなかった事が一つある。

──あの殺人鬼が召喚された理由。

──あの英霊は……玩具のナイフに引き寄せられたわけじゃない。

──きっと、僕が原因だ。

——僕は人類を殺す殺人鬼になり得る存在であり——

——まだ、何者でもないんだからね。

そうした思考も実際の時の流れの中では僅か一瞬であり、流れるような動作で星が地上に向けて落とされる。

しかし、エルキドゥの気配感知がそれを見過ごす事はなかった。

魔力を完全に消したのが徒《あだ》となり、ティアとエルキドゥの影響で魔力の乱気流のように変化した場所の中で、均一に魔力が抑えられた空間の違和感を見事に捉えきったのである。

エルキドゥは鎖を伸ばし、膨大な魔力の詰められた卵のような星を搦《から》め捕《と》ろうとしたのだが、ティアは魔術の追撃を持ってその妨害を試みた。

結果として軌道を逸らすに留《とど》めたものの、魔星はほぼ完全な状態で地上へと向かっていく。

スノーフィールドではなく、アメリカ西海岸最大の都市、ロサンゼルスへと。

さらば『天使の街』Ｌｏｓ　Ａｎｇｅｌｅｓ。

さらばロングビーチ。

さらばグリフィス天文台。

さらば、さらばハリウッド。

自らの撃ち放った魔術が向かう先を計算し終えたティアは、その中にハリウッドがあると気付いて『ああ、俺《フラット》がいつか行きたがっていた場所だ』という悲しみが浮かび上がり、同時にそれは『もう、僕の中に俺《フラット》はいないから構うまい』という諦観によって打ち消された。

破壊と原子崩壊の魔術式が詰め込まれた凶星の直撃により、天使の名を冠する街は今や光の中に回帰せんとしている。

詰め込まれた魔力が発動する事により、土地は半径数キロメートルに渉《わた》り全生命を巻き込んで消失。次いで引き起こされる崩壊は周囲の土地や龍脈、マグマだまりを刺激して連鎖的な破局を引き起こすのだ。

もはやティア自身にもそれを止める事は叶《かな》わず、今ここに神秘の秘匿云々《うんぬん》を飛び越え、物理的に人類の方向性が決定づけられる。

——筈《はず》だった。

ティアの視線の先には、分厚い積乱雲の渦がある。

同じく西の方角にあり、ロサンゼルスを通ってこちらに向かってきていると思《おぼ》しき台風だ。

異様に巨大な雲塊として地球の対流圏からはみだしそうになっている巨大な積乱雲だが、ティアは常にその分厚い雲の内部から嫌な気配を感じていた。

周囲の大気と土地の魔力が、その積乱雲に搦《から》め捕《と》られているように感じられる。

あの中に厄介な『何か』がいるが、流石《さすが》にこの状況で何かしらできる事はないだろう。

故に、ティアは先刻までは重要視していなかった。

雲の中に何がいようと、受け止めた時点で魔術は発動する。

自分の撃ちだした凶星は、結果としてアメリカ西部の大都市を破壊しつくす事だろう。

少年はそう考えていたのだが、そこで異変が起きた。

「……」

ティアが、その光景に僅かに眼《め》を見開く。

直径500キロメートルを超える積乱雲の渦の一部が、まるで鎌首をもたげるかのように蠢《うごめ》き、その先から二本のトルネードが宙に向かって伸びたのだ。

明らかに物理法則とトルネードのシステムを無視した動きであり、左右対称の形で美しく伸びたそれは、まるで巨大な生物の角のようにも見える。

いや、違う。

ティアは確信する。

角のよう、ではない。

あれは正しく巨獣の角そのものだ。

魔力を見通す彼の目は、秘匿の神秘に包まれているその姿を正確に認識できる。

二本の竜巻に覆われているのは、深く、それでいて艶《あで》やかな青。

海と空を掛け合わせたような瑠璃色の塊は、この地球上に存在する全ての鉱石を集めてもまだ足りぬのではなかろうかという量のラピスラズリのみで形作られている。

巨大なタイフーンの雲の切れ間に覗《のぞ》くのは、黄金に彩《いろど》られた骨格。

その骨の一つ一つが広大な都市程もある青と黄金色の獣が、渦巻く暴風を肉としてこの世界を闊《かっ》歩《ぽ》していた。

——急に、魔力が膨れあがった……？

——星から魔力を吸った動きはなかった。

——あれは……別のどこかから来た存在なのか……？

そんな疑問を抱くティアだが、今問題なのは、それが何故《なぜ》動きを見せたのかという事だ。

答えは即座に判明する。

一本だけでも半島ほどの大きさがある瑠璃色の角が、成層圏を超高速で飛翔《ひしょう》する破滅と暴虐が詰め込まれた凶星へと向けられた。

そして、角が蠢《うごめ》く。

正確には、角の奥から湧き上がる、神気を纏《まと》った膨大な魔力がだ。

ティアが魔力によって周囲の空間を歪《ゆが》めるのとは違い、その巨獣の角は、神気を用いて空間を喰《く》らい、潰し、距離と方角という概念そのものを打ち壊す。

凶星はエネルギーの方向性が歪《ゆが》められ、ロサンゼルスに到達するよりも前に落下を開始し、積乱雲の巨獣の顔に向かって一直線に突き進んだ。

大地を抉《えぐ》り、広範囲に地震を巻き起こす、凄《すさ》まじいエネルギーが籠められた破壊と滅びの卵。

ならば、それは強大な台風のエネルギーを上回るのか？

無論、形態が違う災害を単純比較できるものではないし、通常ならば巨大な震災の方が世界に与える破壊の度合いは大きいだろう。

だが、単純に『エネルギー量』だけで比較した場合、強大な台風は、時にマグニチュード9クラスの地震の百倍にも至るエネルギーを内包するのだ。

そのエネルギーが、仮に一つの獣として蠢いているのならば何が起こるのか。

答えが今、示される。


分厚い積乱雲によって構成された大型台風。

それは上空から見れば真円に近い形をしており、雲と空の切れ目が美しく分かれている教科書的な姿の台風だったと言えた。

しかしながら、内包された魔力密度を視覚化した場合、それはこちらに向かってゆっくりと歩み続ける台風と同スケールの巨獣である。

暴風は雄叫《おたけ》び。

豪雨は血脈。

雷鳴は猛《たけ》り。

分厚い積乱雲は神獣の肉叢《ししむら》そのものであり、己の全てを護《まも》る鎧《よろい》でもある。

巨大台風の擬獣化ではなく、その逆。

神の獣をそのまま世界の形に当てはめる事で地上に降ろした姿こそが、この怪物の正体であるのだとティアは確信した。

積乱雲の中に覗《のぞ》く金色の骨格を携えた獣が、ゆっくりと口を開く。

いや、ティア達の距離だからこそ緩慢に見えているだけで、その巨大さから考えれば凄《すさ》まじい速度で顎が開閉していると思われた。

凶星はその巨獣の口内へと一直線に滑り込み、すぐにその大口が閉じられる。

台風の内部を突き抜けて地上に到達したならば、即座に破壊の土煙が上がるだろう。

だが、その時は訪れなかった。

今暫《しばら》く待った所で、それが訪れる事はないという事も示される。

台風の内部の黄金と瑠璃色が光り輝き、台風の規模はそのままに、内包されたエネルギーが爆発的に上昇したからだ。

それまで秒速50メートル程度だった風速が一瞬にして秒速80メートルにまで跳ね上がり、瞬間最大風速は秒速１００メートルを超えて史上最速記録に近づいていく。

恐らく、その『巨獣』が風速のみにエネルギーを注げば、観測記録を簡単に塗り替える事ができるのだろう。

そうしないのは何か巨獣なりの考えがあってのことか、単なる偶然か——あるいは、何者かにそう指示されているのか。

しかし、そんな事は今のティアとエルキドゥにとっては些事《さじ》だ。

彼らは認識する。

全長数百キロメートルにも及ぶ積乱雲の巨獣が、こちらを確かに見ているという事を。

そして、その甚大《じんだい》なる災禍を身の内に宿した巨獣が、確かに二人を見て嗤ったという事を。

少年はそれを見て興味深げに微笑《ほほえ》み——

エルキドゥは逆に微笑《ほほえ》みを消し、悲しげな表情でその『神獣』を一瞥《いちべつ》するだけだった。

×　×

スノーフィールド西部　森林内
遙《はる》か上空に浮かぶ二人は知らない。

その巨獣の振る舞いを、スノーフィールドの地上より観測している者がいた事を。

観測者であるフィリア——イシュタルは、己の所有する資産である神獣の様子を感じ取りながら、困ったように溜息《ためいき》を吐き出した。

「ああ、もう。しようのない子ね」

強大な力の膨張に困惑したわけでも、地上を破壊する行為を懸念《けねん》したわけでもない。

彼女は単に、己の神獣の貪欲さに肩を竦《すく》めただけだった。

「変なもの食べちゃって……お腹《なか》を壊しても知らないわよ?」

幕間

『オーディション』

過去　とある国にて

「シグマは、別のくらしって考えたことある？」

魔術使いの工作員になるべく育てられていたシグマは、訓練施設で同期の子供——タウという名を割り振られていた少女にそう尋ねられた時、何も答える事ができなかった。

なにか答えを返そうという意志はあったが、答える事はできなかった。

別の生き方、という事を真剣に考えようとしたところで、そもそもシグマは他のケースを知らなかったのだから。

体験した事しか頭になく、まだ見ぬ世界を想像する最低限の知識も経験もなかった。

答えあぐねているシグマに対して、タウは続ける。

「私はね、先生達と約束したの。この教練場で一番になったら、お父さんとお母さんをくれるって。国のとっても偉い人がね、私を娘にしてくれるんだって！」

「偉い人？」

「私達のごはんを作ってる工場の『げんばしゅにん』さんだって言ってた。ごはんを作ってるんだから、きっと、国主様の次に偉い人だよ！」

「そう……うん、そうかもしれないね」

タウも、この時のシグマも、『げんばしゅにん』というのがどういった存在なのかすら知らない子供達だった。

年齢は10歳に満たぬ頃。

魔術回路に無理矢理パスを通す訓練や、粗末な魔術礼装の使い方、銃火器やナイフといった武具の取り扱い、あるいは過酷な環境で生き延びる術などを学び続ける日々。

時折『生き物の殺し方』を無理矢理経験させられる他は、徹底的に魔術使いとしての知識と経験を詰め込まれる子供達。

教鞭《きょうべん》を執る者達の口調はとても優しく、さりとて訓練は厳しかった。

シグマを含め多くの子供達は機械のように状況に流されていたが、時折タウのように目を耀《かがや》かせる者達も現れる。

「お父さんとお母さんがいるとね、安心して眠れるんだって。子守歌っていうのを歌ってくれて、美味《おい》しいごはんをつくってくれて、国主様をお祝いするパレードにも連れて行ってくれるんだって！」

「子守歌？」

「それを聞くとね、安心して眠れるんだよ？　眠ってる間、お父さんとお母さんが護《まも》ってくれるの！」

「それは、少しうらやましいね」

シグマはようやくまともに口にできる自分の感情に辿《たど》り着《つ》いた。

少年にとって寝る事は唯一の娯楽であり、食事ですら無感情に味わうものとなっていた彼にとっては眠りに落ちて行く瞬間の、巨大な夜に抱かれて落ちて行くような感覚こそが生きる希望であり趣味でもある。

「シグマは本当に寝る事ばっかりだね。魔力のパスの開きかたも、シグマだけヘンだし」

「そうかな」

魔術回路のバイパスに魔力を通す際、多くの魔術師はオンとオフを切り替えるイメージを浮かべる。教練場の子供達の殆《ほとん》どは教え込まれたイメージで無理矢理開くのだが、シグマだけは眠りに落ちゆく瞬間をイメージして切り替える。

「きっと、シグマはこの世界を夢だって思いたいんだよ。魔術を使う時も使わない時も」

「……」

シグマは答えられなかった。

それが正しいかどうかが分からなかったというよりも、それを確認した所で何の意味もないと思っていたからだ。

ただ、タウは自分より一つ年下なのに、随分と大人びた事を言うのだなと考える。

きっと、この教練場で一番の生徒になり、彼女は夢を叶《かな》えるのだろう。

なんとなくそう思っていたシグマは、子守歌というものを聞ける事になる彼女の事を少しだけ羨んだ。

もっとも、その僅かな揺らぎのような感情も、すぐに忘れる事となる。

タウは、やがて居なくなった。

訓練時の大怪我《けが》で、なけなしの魔術回路が損傷したのだそうだ。

居なくなった訓練生がどうなるのかは分からない。

一つだけ気になったのは、ここから居なくなったあとの彼女がゆっくりと眠れたかどうかという事だけ。

すぐに新しい『タウ』が補充され、何事もない——死と隣り合わせの訓練が再開される。

シグマにとっては、本当にただそれだけの思い出だ。

タウの顔も名前も、積み重ねられる記憶の奥底へと沈んでいく。

それこそ、夢の記憶が目覚めた直後から薄らいでいくように。

×　　×

現在　スノーフィールド　路地裏

町のはるか上空において、サーヴァントと謎の魔人が戦っているのと同じ頃――

そんな状況をまだ知らないシグマは、不意に遠い過去の話を思い出していた。

童顔の傭兵《ようへい》はらしくないと思いつつ、改めてその記憶について考える。

成長した今なら分かる。

食糧工場の現場主任の身分など国主には遠く及ばないし、そもそも養子にするなどという話も『教師達』の方便だろう。

それでも、こんな時に思い出したのは、タウという少女がどことなく繰丘椿《くるおかつばき》に似ていたからかもしれない。

――『俺は……この聖杯戦争《システム》を破壊する』

数分前に繰丘邸《くるおかてい》で決意し、ウォッチャーの使いである『影法師』達に宣言した言葉を思い出しながら、シグマは路地裏の周囲を確認しながら考え込む。

——いや……。

——椿《つばき》に似ているのは、新しく来た『タウ』の方だったかな……。

もはや、それすら曖昧な記憶。

それでも、今のシグマにとっては重要な意味を持って脳内にリフレインされる。

——親が居ようが、何も変わらなかったよ、タウ。

——魔術師として生み出された俺達は、結局何をしても何も変わらないのか……。

——ああ、そうだ。認めるよ。

——俺が聖杯戦争を破壊するのは、繰丘椿《くるおかつばき》という少女を救う事が目的じゃあない。

——それは、手段に過ぎない。

——赤い服の精霊に、『椿《つばき》を頼む』と思いを託されたから？

——それも、副次的な理由だ。

——繰丘椿《くるおかつばき》を救えば、あの子は運命から解き放たれるのか……。

——眠り続ける運命が変わらなかったとしても、世界の中で椿《つばき》の何かが変わるのか……。

——なにより、俺自身がそれに納得できるのか。

——世界の全てを変えられるとは思っていない。そこまでの格は俺にはない。

――繰丘椿《くるおかつばき》や、俺の主観の世界だけを変える事ができるのか、俺はそれが知りたい。

――ああ、俺が確かめたいだけだ。これは俺の我《わ》が儘《まま》だ。

――俺が始めた、聖杯戦争だ。


そんな事を考えているシグマの耳に、無線機から骨伝導で伝わってくる声が響く。

『――「家畜」より「欠乏」へ』

「……」

『――「家畜」より「欠乏」へ。聞こえていますか？』

夕暮れの日差しすら入ってこない街の路地裏で、シグマは無線機から響く上司の声を聞いた。

ファルデウス・ディオランド。

一時的な仮初めの上司ではあるが、この聖杯戦争を実質的に仕切っている黒幕の一人であり、本人の魔術師としての腕前もさることながら、その手足となって動く武装勢力が厄介な男だ。

だが、シグマがその無線機に応答する事はない。

魔術的な礼装として改造してある無線機であるため、盗聴の心配は薄い。

だが、遠距離念話の機能までは流石《さすが》に無いため、放置している限りはこちらの状況が把握される事はないとシグマは考えていた。

繰丘邸《くるおかてい》からここまで、『影法師』達の情報を利用し、監視カメラに映らぬ道を選んでこの路地裏にまで辿《たど》り着《つ》いた。

だが、このタイミングで無線での連絡が来たという事に懸念《けねん》を抱く。

──隔離されていた世界から脱出した事には気付いているのか？

──いや、そもそも俺も巻き込まれていた事をファルデウスは把握しているのだろうか。

どちらにせよ、まずはこの無線に答えるかどうかだ。

聖杯戦争の儀式を破壊する事は、予想外の事態を好むフランチェスカは喜ぶかもしれない。

だが、ファルデウスとは決定的に敵対する事となるだろう。

敢《あ》えて今は従順なフリをしてファルデウスの懐《ふところ》に入り込む、という手もあるが、こちらが繰《くる》丘《おか》夫妻を無力化した事がバレているのならば、罠《わな》を仕掛けられる可能性もある。

自分の出自はただの魔術使いに過ぎず、致命傷から蘇生《そせい》できるような魔術刻印など持ち合わせていない。

ファルデウスと比べると、笑ってしまうような戦力差だ。

自分が心の底から笑った事がないという事を自覚しつつも、シグマは自然とそんな事を考えてしまう。

より正確に言うならば、自分以外の者が聞いたら一笑に付すであろう、と。

だが、道は既に決めたのだ。

誰の命令でもなく、敢《あ》えていうなら自分が自分に依頼した『仕事』である。

元から生きる意味も無く、命懸けの任務をこなしてきた身だ。

無謀な闘いなど、今さらであろう。

──だが。

ふと思い浮かんだのは、あの自らを犠牲にしてライダーの暴走を止めた繰丘椿《くるおかつばき》と、その事実を前にして本気の憤《いきどお》りを見せていた名も無きアサシンの顔だった。

──今回は、自分で選んだ無謀な真似《まね》だ。

──後悔の残る闘いをする気はない。

ここからは、これまで以上に一手の読み違えが死に直結するだろう。

だが、今のシグマから焦《あせ》りは消えていた。

これまでに無い程に深く静かに己の世界へと潜り、引き延ばされた時間の中で最善の一手を模索する。

──ファルデウス。

──応答して相手の動向を探るべきか。

シグマがそう考えた所で、無線機からやや感情のこもった声が響き渉《わた》った。

『……「欠乏」、聞こえていますか？　シグマ、応答を！』

――？

今回の作戦行動上のコードネームではなく、通常の呼び名を無線で口にする。ファルデウスらしくない焦燥を感じるその物言いに、シグマは訝《いぶか》しんだ。

すると、彼の背後に現れた『影法師』、古めかしい船長の衣服を纏《まと》った男が、クックッと笑いながら楽しげに口を開く。

「その無線に出るかどうかはお前次第だが、ヒントぐらいはくれてやろう」

「……？」

「上手《うま》くいきゃ、このまま死んだふりができるぜ？　ファルデウスって奴《やつ》に対してはな」

「どういう事だ？」

無線の応答ボタンが押されていない事を確認しながら相手の意図を尋ねると、その問いに対し、船長と入れ替わりで浮かび上がった影法師――少年の姿をした騎士が言った。

「状況が動いたという事だ。ここからは欠片《かけら》も油断するな」

少年騎士の言葉を裏付けるかのように、無線機からファルデウスの冷めた声が響く。

『……以降、この回線は凍結する。今後そちらのサポートは打ち切る。以上』

「！」

短いノイズと共に音が途切れたのを最後に、シグマの無線機は完全に沈黙した。

――こちらが裏切ったと確信したのか？

そう考えたシグマに、少年騎士が肩を竦《すく》めながら否定する。

「違うな。……お前も始末されたと判断したんだろ。あの怪物に」

「夢の世界にいた、ケルベロス達の事か？」

シグマが尋ねると、今度は路地の入り口のあたりに蛇の杖《つえ》を持った少年が顕現し、空を見上げながら答えた。

「いや……あれは、そういう類のものじゃない。『ウォッチャー』も滅多に感知しないものだから、言葉にするのは難しいけれど」

影法師にしては珍しく、しばし逡巡《しゅんじゅん》したように沈黙する。

やがて考えが纏《まと》まったかのように頷《うなず》き、言葉を選ぶようにゆっくりと言葉を吐き出した。

「彼……いや、アレは恐らく、古き魔術師達が足掻《あが》きながら世界に刻んだ爪痕さ。同時に、いつ破綻するかも解《わか》らないこの星に今さら生まれた……新たな霊長になり得るな、にかだ」

「待ってくれ。まず、『アレ』とはなんの事だ？」

すると、蛇杖の少年の姿が掻《か》き消《き》え、飛行士服の女性が路地裏の上空、建物の非常階段の手《て》摺《す》りに座る形で現れる。

「君は幸運だったよ、マスター。大通りに居たら、君も巻き込まれていたかもしれない」

「大通り？」

恐らくは、クリスタル・ヒルに面した市の中心部の事だろう。

ここからそこまで離れていない場所だけに、シグマの背筋が冷たくヒリつく。

彼ら──『影法師』がわざわざ伝えてくる危機は、本当に一歩間違えれば死に直結する物が多い。シグマは『ウォッチャー』が如何《いか》なる英霊なのかいまだに摑《つか》みきれてはいないのだが、影法師達がもたらす情報の正確性には彼なりの信頼を置いていた。

それでもなお、次にもたらされた情報には耳を疑う事になる。

「君の同僚達、総計三十八人からなる三分隊を一分足らずで壊滅させた……フラット・エスカルドスだったものにね」

「……それは、あの英霊……ジャック・ザ・リッパーの力か？」

「いや、英霊はこの件に関しては何もしていない。何かをしようとはしていたようだけれど」

「……」

にわかには信じられない話だった。

同僚、と言えるほどに交流は無かったが、個々の戦闘力ならばともかく、ファルデウスの統率下においてはシグマよりも遙《はる》かに戦場巧者である面子《めんつ》である。

英霊に破れたというのならば解《わか》る。

その常識外れな能力は、アサシンや、椿《つばき》の言う『まっくろさん』を見れば疑う余地はない。

だが、英霊ではなくマスターである青年、フラット・エスカルドスがそれをやったという。

——フラット？

その名を聞き、シグマは教会の前での乱戦にも参加していた筈《はず》の青年の情報を再確認した。

エルメロイ教室において一ダースを軽く超える鬼札《ジョーカー》の一枚。通称『天恵の忌《い》み子』。

『紅魔《レッドイビル》』や『地上で最も優美な鬣犬《ハイエナ》』程ではないが、シグマは彼のことも要注意人物の一人として認識していた。

ロード・エルメロイⅡ世から学びを受けた時計塔の魔術師は傑物が多い事で有名だが、中にはシグマのような魔術使いの間でも怖《おそ》れられている存在が無数にいる。

シンガポール近海において膨大な魔力と武力にものを言わせて海賊組織をまとめあげた東洋人の八極拳使いや、それに対抗するかのように魔力と資本力にものを言わせて民間軍事企業を造り上げた令嬢の二人が、先の二つ名で知られる危険因子の代表だ。

そこから常識の埒外《らちがい》に飛ぶ度合いは一段落ちるが、フラット・エスカルドスもまた、『獣纏《まと》い』スヴィン・グラシュエートと並んで要注意人物と認識されている。

魔術使いの間では『決して魔術で相手をしようとしてはならない。物理で殴るべし』とされており、逆にスヴィンは『物理で殴るべからず。搦《から》め手で殺せ』と言われているため、スヴィンとフラットの二人が揃《そろ》っていたらその現場からは手を退くのが定石だと言われている。

――……いや、そもそも『時計塔の関係者はともかく、エルメロイ教室の関係者には手を出すな』という魔術使いも多かったな。

数秒の間に圧縮された情報を頭の中に走らせたシグマは、改めて影法師に尋ねた。


「……本当に、フラット・エスカルドスがやったのか？　英霊の力を使ったのではなく？」


念を押す形にはなったが、シグマは疑《うたぐ》るというよりも、地図を再確認する意味合いで問う。

この時点においてシグマは彼ら『影法師』の事を胡乱《うろん》な存在とは見ておらず、戦場において自分が頼るべきツールとして信頼していた。

鉄火場において、自分の銃の性能を信頼するのと同様に。

無論、如何《いか》に念入りに整備した銃とて不具合を起こす事はある。

如何《いか》に正確無比な情報屋でさえ現実との齟齬《そご》が生まれる事もあり、同じ釜の飯を食べて育った魔術使いに裏切られた事もあるシグマとしては尚更《なおさら》慎重にならざるを得なかった。

幻術や魅了の魔術が飛び交う魔術師達の戦場においては、自分の目と耳でさえ完全に信用してはならないのだ。

だが、それでも自分のなけなしの魔力を用いた魔術や、それこそファルデウス達から与えられた都合の良《い》い情報よりは命を預ける価値がある。

事実、その手札を用いて戦争に足を踏み入れた後なのだから、何を思おうが今さらだ。

そんな事情もあり、半分確認のつもりで尋ねたシグマだったが——

再び老船長の姿に戻った影法師が口にしたのは、想像と違う答えだった。

「違う。話は良く聞け、言葉尻も聞き違えるな。場合によっては致命傷になるぞ？」

「？」

「フラット・エスカルドス『だったもの』と言った筈《はず》だぞ？」

「フラットは死んだ。あれはもう、フラット・エスカルドスとは別の個体だ」

×　　×

コールズマン特殊矯正センター

「……シグマも戦闘不能になったと見るべきか……。いや、奴《やつ》は結局のところはフランチェスカの手駒。何か彼女の指示でこちらとの連絡を断った可能性はある、か」

シグマとの連絡が取れなくなった事について、仮初めの上官であるファルデウスが考察する。

だが、彼の中ではまだ『自発的に離反した』という考えには至っていないようであり、最終的な状況判断はフランチェスカとの連絡を取るまで保留という形にした。

「中央区の監視システムは物理的な破壊……その他の区域の監視システムは魔術的なハッキングを受けて術式が破壊された……と。監視カメラに魔術的な処理を併用していた事が徒《あだ》になるとは……」

監視システムの破壊による被害状況を調べていたファルデウスは、自分でも驚く程に冷静に状況を確認していた。

あるいは、近くにアサシン——ハサン・サッバーハの気配を感じているのが大きな理由かもしれない。やろうと思えば完全に気配を消す事もできるアサシンが敢《あ》えてこちらに存在を認知させているという事は、何かしらの意味があるのだろう。

——私が言葉を違えないか見張っている……そう言いたいのかもな。

スクラディオ・ファミリーの長であるガルヴァロッソ・スクラディオの殺害。その指示を出した時に、特に念押しされた『人を殺すに足る信念があるのか』という問い掛け。

偽善的な問答だとは思ったが、ファルデウスはそれを軽んじる事はしなかった。

どのような意味合いの言葉であろうと、サーヴァントとの約定である。正式な魔術契約をしていないとしても、破れば何かしらの呪いとなって跳ね返る事もあるだろう。

そもそも、現時点で自分の信念が曲がる事はない。

ガルヴァロッソ・スクラディオの始末は今でも正しかったと言い切れる。

結果としてアメリカの経済や政治に被害は出たが、逆に考えれば未来におけるスクラディオ・ファミリーの暗躍による被害を防いだとも言えるのだ。

しかし、このアサシンの運用に関しては慎重になる必要はある。

何しろこちらからもどのような技能や宝具を持ち合わせているのか確認できないのだ。令呪を使って無理矢理聞き出す事はできるだろうが、それが叛意《はんい》を招く可能性を考えると迂闊《うかつ》には使用できない。

だが、結果だけを見るならば素晴らしい性能を持っているのは確かだ。

信念を問われた事で、ファルデウスの中でも無意識の内に精神が強化されたのかもしれない。でなければ、このあまりにも突然の事態の中で醜態をさらしていた可能性もあった。

「まずは監視システムの復帰ですが、警察署のオーランドに連絡を。魔術とは無関係に街に張り巡らせている通常の監視カメラのデータをこちらに回すように要請してください。復旧させるシステムは、これまで通り魔術によるシステムを併用したものと、電子式専用、使い魔などを介した魔術専用の監視網の三つを併用します」

次々と指示を出す一方で、事態の収拾を目算するファルデウス。

「……？　フランチェスカの工房が破損？　南部の砂漠に緊急着陸……ですか。それも、フラット・エスカルドスが関係を……？」

便宜上、ファルデウスは狙撃手達を襲撃したのは『フラット・エスカルドス』であると仮定して指示を出していた。

場合によっては英霊と同列の脅威として扱う必要もあると当初は考えていたが、それどころではない。

上空で繰り広げられていたランサーとの魔力はここまで伝わって来ており、あれは確実に下手な英霊以上の脅威として捉えるべきだとファルデウスの本能が告げていた。

寧《むし》ろ、自分達に対してこれまでの中で最大の被害を与えられたと言っても良い。

「将軍に即座に補充は催促しましたが、今日中の到着は無理でしょうね」

どうも何かワシントンの方で大きなトラブルがあったらしく、ファルデウスが『将軍』と呼ぶ上役とも直接の連絡が取れない状況となっていた。

タイミング的に無関係だとは思えず、ファルデウスは己の中でフラット・エスカルドス、あるいはフラットの身体《からだ》を乗っ取った何かへの警戒を更に強めていく。

「……これは、我々よりも先に外部が決断するかもしれませんね……。私の手で最後までコントロールしたい所ですが……。まったく、このようなザマでは冬木《ふゆき》の三次に参加した先達を笑えませんね」

そんな愚痴にも似た言葉を溢《こぼ》していると、別室にいた部下の女性、アルドラが戻って来てフアルデウスに書類を手渡した。

「解析班から情報が届きました」

「御苦労様です。これを待っていました」

肩を竦《すく》めながらその書類を受け取り、目を通す。

それは、通常の聖杯戦争から考えれば、反則と言っても良いデータだ。

予《あらかじ》め街全体に張っていた術式により、英霊による魔力反応とそれにリンクした個人を特定、大まかな居場所を示すシステムの解析結果である。

敵対マスターがどこにいるかというのは、魔力感知に長《た》けた魔術師ならばある程度は察知できるが、それを街の監視システムとリンクさせる程に大規模な情報網として扱うのは、正しく『聖杯戦争の為《ため》に造り上げた都市』という反則技が成し遂げた事実と言えた。

工房を構えて防衛態勢を敷いているマスターならば居場所が察知されても問題無いが、中には街に潜み決して相手に位置を悟らせないというタイプのマスターもいるだろう。

例えばアーチャー陣営にこの情報を流せば、通常ならば魔力感知できない超遠距離からマスターのみを狙撃するという真似《まね》も可能になる。

実際、バズディロットの擁するアーチャーは、もう一人のアーチャーであるギルガメッシュのマスターを街の外部から狙うという真似《まね》をしてのけたのだから。

本来ならば値千金、アサシンを擁する自分でも、マスター全員の暗殺という手段を考えるならば、十分に勝ちを狙えるとさえ言える情報だ。

だが、そのデータを見たファルデウスが目を細める。

「なるほど、これまでの報告で、そうかもしれないとは思っていましたが」

予想していたとばかりのファルデウスの横で、データを事前に確認していたアルドラが淡々とした表情のまま疑問を呈した。

「マ、マ、マ、マスターの数が合わない、い……これは、どういう事なのでしょう？」

そのデータが示しているのは、英霊と思《おぼ》しき高密度の魔力を持った存在と、それとリンクしている魔力の持ち主とされた個人の数が合っていないとの事だった。

そして、その個人の大半が、どうやって街に入って来たのかも不明であり、監視カメラの情報でも人物を特定できなかった者達である。

幻術で顔を変えているのだろうが、同じ人物が何人にも変装している、という可能性だけでは解明できない部分があった。

「既にマスターを失った『はぐれ』のサーヴァントが、マスターを何人も乗り換えているという可能性もありますが……」

続く報告書を読み、ファルデウスは口元を歪《ゆが》める。

そこに記されていたのは、どのクラスの英霊が次から次へとマスターを乗り換えているのかという事を示すものだった。

一人は、偽《にせ》のアサシン。

警察署を襲撃したサーヴァントであり、最初に繋《つな》がっていたマスターとは別人から魔力供給を受けている。

その相手が、セイバーと契約していると思《おぼ》しき外部の魔術師という事が驚きだった。

最初に監視カメラに映った時から妙に気になっていた女だが、ファルデウスはいまだにその正体について摑《つか》みかねている。

「……一人で複数のサーヴァントと契約？　しかも……あの宝具を乱打している英霊達と？　前例がないとは言いませんが、それだけの魔力量を持っていると……？」

発動された魔力は感知できるが、ファルデウスのシステムでは個々が内包している魔力量までは測定できない。

「……ロード・トランベリオと同じ、オドの回復量が異常に高い素質を持っているのかもしれませんね。こちらは警戒度を上げる必要があるでしょう。生き残っている部隊を引き続き監視に当てて下さい」

指示を出した後、別の懸《け》念《ねん》材料に目を向ける。

「もう一つ、マスターを複数交代させている霊基は……ふむ」

報告書を読み終えた後、ファルデウスは真剣な顔をして呟《つぶや》いた。

「ドリス・ルセンドラ……もしや、私の与り知らぬ所で負けましたか？」

そこに記されていた霊基は、真なる召喚によって顕現したライダー。

情報が確かならば、アマゾネスの女王である『ヒッポリュテ』を名乗るサーヴァントだった。

この街には無数の魔術師が集まっている。

中には、マスターの権利を横合いから奪おうとしている者がいてもおかしくはない。

「英霊同士の戦闘があったとは思えませんが、ライダーがいない間に魔術師戦で討ち取られた可能性はありますね」

「はい、事実、二日前から彼女の魔力がセンサーに掛かりません」

「彼女を打ち倒せるとなると、ルセンドラ家の後継者候補か、あるいは、市井《しせい》の実力者……そういえばフリューガーの姿が確認されていましたね。彼のような実力者が徒党を組んでいたとすればあり得ない話ではないでしょう」

「ヒッポリュテの反応がある場所に、監視部隊を向かわせますか？」

アルドラの言葉に、ファルデウスは暫《しば》し考える。

もちろん、そうした方が良《い》いのは確かだ。

だが、今回の件で手駒が一気に足りなくなった。応援部隊が補充されるまでは、下手に戦力を分散させない方がいいだろう。

そう考えたファルデウスは、溜息《ためいき》を吐きながらアルドラに指示を出した。

「オーランドに追加で連絡を。そちらの監視は『二十八人の怪物《クラン・カラティン》』に任せます」

「引き受けるでしょうか？」

「不確定要素は、向こうも良しとはしないでしょうからね」

オーランド・リーヴ警察署長が引き受ける事を確信しながら、ファルデウスは他の情報にも目を通していく。

「繰丘椿《くるおかつばき》は病院から動かず……彼女と契約していた英霊がどうなったのかは気になりますが、こちらは今後も警戒を続けましょう」

最後に、報告を断ったばかりである手駒が病院前で残したデータを見ながら呟《つぶや》く。

「シグマは……召喚時から一貫して、繋《つな》がっている英霊の魔力がハッキリしませんね」

そこでファルデウスは思い出す。

シグマが契約したという英霊は、チャーリー・チャップリンという喜劇芸人だという事を。

「……だとするならば、魔力が殆《ほとん》ど感じられないのも納得ですが」

何かの間違いだと思っていたが、もしかしたら本当に喜劇王と契約したのではなかろうかという思いに支配されつつ、ファルデウスはさして愛着もない部下の退場に対し憐《あわ》れみを籠めた言葉を手向けた。

「確かに、フラット・エスカルドスに襲われたらひと溜《た》まりもないでしょうね」

「まあ……彼の魔術使いとしての腕はともかく、マスターとして役者不足だったのは解《わか》ってい

ました が」

× ×

路地裏

「……だとよ。軽く見られたもんだな、おい」

船長の姿をした影法師が、ファルデウスが言っている言葉をリアルタイムで伝えてくる。

便利極まりない能力だが、イヤミに使われるとシグマとしても対処に困る。

「そんな不景気な面すんなよ兄ちゃん？ 傭兵《ようへい》としては買ってくれてたって事だろ？」

すると、筋骨隆々とした戦士の姿をした影法師がポジティブに言う。

「こいつはチャンスなんだぜ？ マジで奴《やつこ》さん、お前が死んだと思いかけてる」

思っている、と断言しないのは、ウォッチャーが人の心の中までは覗《のぞ》けないからだ。

シグマもそれにには同意している。

可能性が高いというだけで断言をするような人間ではない。

相手を始末する時にはオーバーキル気味に殺すのを信条としている人物だ。

しかし今のシグマにとっては、そんな事よりもウォッチャー達から聞いた『フラット・エスカルドスだったモノ』とランサー・エルキドゥが交戦したという情報の方が重要である。

「単純に意見を聞きたい。俺が、その二体のどちらかと闘って勝つ可能性は？」

「今の所は皆無だね。太陽に向かって飛ぶより無謀だよ」

絡繰《からく》り羽の青年が自嘲気味に言うのを聞き、シグマは考える。

「……やはり、俺が聖杯戦争で闘うとするなら、マスターを狙うしか勝ち目はない。だが、目的は儀式の破壊だ。敵対を避けつつ、基盤である聖杯の元を破壊すればいい筈《はず》だ」

「ああ、だが、その基盤は地下深くだ。ちょいと深すぎるからな、今のウォッチャーでもノイズが走る事があるから気を付けろ。お前さんがもうちょい成長してくれりゃ精度も上がるが」

船長の姿に戻った影法師が言うが、シグマは小さく首を横に振った。

「不確定要素を計画に入れるわけにはいかない。やはり、秘密裏に同盟相手を増やしたいところだ」

「それこそ不確定要素じゃないか？　他のマスター達は大半が聖杯を求めているんだ。儀式の破壊に同意するとは思えない」

少年騎士の姿になった影法師の言葉に、シグマが問う。

「大半、と言ったな。聖杯を求めていない陣営は？」

「まずはフランチェスカ・プレラーティやファルデウスに警察陣営。あれは聖杯というより儀式の解析が目的だから、『得られたら幸運』程度だろう」

「却下だ。というか最初から候補に上げなくていい」

「セイバーとアヤカは、どうも夢の世界にいる間にやる気が出たらしい。説得できる可能性はあるが、最終的には敵対する可能性も高い」

「……保留だな」

状況が変わった事にやや動揺しつつ、それを表に出さないように淡々と言った。

そんな彼の内心に気付きつつも、少年騎士が続きを口にする。

「あとは当然ながら、アサシンだ。彼女の目的は最初から儀式の破壊だからな」

「ああ、引き続き協力を持ちかける価値はある。夜を待って、監視を避けながら彼女に合流するつもりだ」

流暢《りゅうちょう》に断言したシグマは、言ってから自分でも意外な程にアサシンの事を信頼しているのだと考えた。

魔術使いの傭兵《ようへい》としては危険な兆候だと理解する。

「あとは……少し前までなら、ヒッポリュテの陣営だったんだが……今はちょっと事情が変わった。恐らく聖杯を求める方向に流れるだろう」

「そうか」

ヒッポリュテの陣営については元より接点が無かった為《ため》、共闘の可能性が薄いとなればさして気にする案件ではない。

とはいえ、『事情が変わった』というのは気になる情報の為《ため》、同盟相手の候補が纏《まと》まった後ですぐに確認しようと心に留《とど》めた。

──ティーネ・チェルクの陣営とバズディロットの陣営は無理として……。あとはハルリか。

ハルリ・ボルザーク。

彼女本人とは接点が無いが、彼女の師匠である『八咫烏《やたがらす》』の二つ名を持つ魔術師とは何度か仕事をしたことがある。

「ハルリは難しいぞ。その女はともかく、一緒にいる奴《やつ》の機嫌を少しでも損ねたら貴様は死ぬ。まあ、絶対なんてありえないし俺達はただの影法師。どうしてもというなら貴様を止める権利はない」

「……解《わか》った、今は近付かないでおこう」

「ただ、儀式の破壊を目的にするなら、陰ながらその陣営をサポートするのはありかもしれない。高確率でこの街は更地になるが」

「なんの希望もない情報をありがとう」

シグマが言うと、次に現れた蛇杖の少年が言った。

「おや、そういう皮肉が言えるようになったんだね」

「……？　皮肉？　俺が？」

「良《い》い変化かどうかは知らないけれど、絶望を皮肉で流すのは悪い事じゃない。精神の健康は体にもいいからね。ああ、僕が影法師ではなく、全盛期の姿で君のサーヴァントとして契約したなら、心も身体《からだ》も徹底的に治療してあげる事ができたのに残念だよ。ああ、本当に残念だ。

まずは問診から始めて、必要なら神代と現代の技術を合わせた手術を実践する事ができたのに」

「それは……遠慮しておく」

影法師がやや早口になった事に妙な不安を覚え、シグマは丁寧にその申し出を辞退した。

――影法師とは言うが、個々の人格を本当に丁寧に再現しているんだな。

改めてウォッチャーの能力に底知れぬものを感じたシグマは、警戒と信頼の狭間《はざま》で揺れながら今後について考える。

「とにかく、安全な拠点を手に入れたい。どこか監視の目がない場所は？」

「近くのビルの地下にライブハウスがある。そこなら監視システムはねえぞ。ここ数日のゴタゴタで大通りが封鎖されたからな。今はもぬけの空だ」

老船長の言葉に頷《うなず》き、シグマは路地裏の段差から腰をあげる。

「そうか……とりあえず、監視カメラが破壊されている今のうちに移動しよう」

影法師の船長は、そんなシグマを見てクツクツと笑い、ここ数日で雰囲気の変わったマスターに対して檄《げき》を飛ばした。

「お前も幕の内側に躍り出ようってんだ。その時までに、背中のそいつを使いこなせるようになっておけよ？」

　船長が指さしたのは、シグマの背負っている古めかしくも神秘的な弩弓《どきゅう》だった。

　繰丘《くるおか》家から持ち出したものだが、あれ以来この弩弓《どきゅう》に取り憑《つ》いていると思《おぼ》しき何かは顔を出していない。ウォッチャーに聞いても、『自分達がこの街に顕現するより前からあるものなので、推測はできるが断定はできない』という答えが返ってきたのみである。

「解《わか》らないのに、重要視するんだな」

「ウォッチャーの推測が正しけりゃ、そいつは正しく切り札の一つになる。お前さんが最後まで成長すればの話だがな」

「そうか」

　あくまで冷静に動こうとしているシグマを煽《あお》るように、船長はマスターを試すような不敵な笑みを浮かべながら言った。

「こいつはオーディションだ。悲劇になるのか喜劇になるのかは知らんが……舞台を共に駆け抜ける相手は慎重に選べよ？」

　裏路地から表通りの様子を探るシグマに、舞台に立つ資格があるのかどうかを見定める舞台監督であるかのように。

「それもまた、『ウォッチャー』の試練の一つなんだからな」

×　　×

同時刻　スノーフィールド郊外　廃屋内

スノーフィールドの郊外に建てられた古いホテル。

現在は廃墟《はいきょ》となっているが、それは表向きの話であり、実際はファルデウスの部下達が各地で作戦活動を行う為《ため》の仮拠点として設定されている場所だ。

人払いの結界が常時しかけられており、街の若者などが肝試し気分で入り込まないように出入り口も封鎖されている。

しかし、現在はその封印が破られ、日光の届かぬ屋内に二つの人影が立っていた。


「やれやれ、しつこいねぇ。恋する相手に追っかけられるのは気持ちがいいもんだが、こっちにも手前を愛する準備ってもんがある。ちょっとだけ我慢してくれねえかな？」

そう口にしたのは、全身に夕日のような赤毛を靡《なび》かせる巨軀《きょく》の人狼《じんろう》だった。

「ちょっとだけ、ほんのちょっとだけでいいんだ。人の首を一息で跳ね飛ばすとよ、首が落ちてから身体《からだ》が倒れるまでに一瞬だけ間が空くだろ？　身体《からだ》が『ああ自分はお終《しま》いだ』って理解するまでの刹那。その程度の間だけ目を瞑《つぶ》っててくれりゃ、お互いに幸せになれるってもんだ」

彼はジェスター・カルトゥーレが複数持つ『素顔』の一つであり、主にスピードと肉弾戦に特化した存在である。

だが、フラット・エスカルドスの攻撃により弱体化している今は全盛期には遠く及ばず、目の前に立つサーヴァント――アサシンの少女と正面から闘えば負ける事は確実だった。

「……」

一方のアサシンは、目の前に立つ者の言葉を既に聞いてはいない。

もはや自分にとっては毒にしかならない言葉だと理解しているし、その言葉にすら何らかの術式や呪いを混ぜ込んでいる可能性もあるからだ。

ただ、祓うべき穢《けが》れを祓う。

その一点に特化した彼女の心が研ぎ澄まされ、弱り切った相手の霊核を潰すべく己の宝具を展開させた。

「――『妄想心音《ザバーニーヤ》』――」

魔力を纏《まと》った赤き手がアサシンの背から伸び、滅びを写し刻むべくジェスターへと迫る。

同じ宝具によって己の存在核を一つ潰されているジェスターは、いざともなれば更に複数の存在核を身代わりとしてこの場を切り抜ける事を想定していた。

警察署から遠方にアサシンを転移させた時のように、己に残されている令呪を使うという手もあるが、パスが通っていないアサシンにも通じるのかという疑問が決断を鈍らせる。

己の存在核か、令呪か。

一瞬の迷いを経て、ジェスターは断腸の思いで存在核を捨てる事を選んだ。

アサシンの眼前で、赤毛の人狼《じんろう》は己の胸に爪を突き立て――そこから心臓を抉《えぐ》り出《だ》す。

「!?」

その結果、今度は人狼《じんろう》の心臓に狙いを定めていたアサシンが選択を迫られる事となった。

このまま抉《えぐ》り出《だ》された心臓を宝具で呪滅すべきか、あるいはそれはもう捨てられた霊核として次に現れるであろう存在の心臓を狙うべきか。

既にジェスターという吸血種が持つ特異性を認識しているアサシンだが、計算ではなく本能がその身体《からだ》を動かした。

彼女の本能が選んだのは、心臓を右腕の手刀で貫き、次なる本体に宝具を使用するという殲《せん》滅《めつ》の道。

だが、ジェスターはアサシンがそうした力技で来る事を読んでいた。

故に、死にゆく人狼《じんろう》の外観は笑う。

胸に刻まれた弾倉型の紋様が回転し、ジェスターは肉欲と愛欲を混ぜ合わせた不気味な笑みのまま次なる姿へと変化し始めた。

それは人間——いや、生物ですらない人型の鉄塊。

あるいはゴーレムの一種なのだろうか。

口のような穴に浮かぶ笑みと、弾倉型の胸の紋様だけが変身前の姿との共通点だった。


次の瞬間、アサシンは見る。

抉《えぐ》られた人狼《じんろう》の心臓にもまた、何かしらの魔術紋が刻まれているという事に。


——！

——これは、贄《にえ》——


気付いた時には遅かった。

心臓が抉《えぐ》り出《だ》された瞬間には既に発動していた術式故に、アサシンのミスというよりはジェスターの覚悟が勝った形と言えるのかもしれない。


1秒後。

派手な爆発が巻き起こり、廃ホテルの一部が眩《まばゆ》い閃光《せんこう》に包まれた。

「くく……存在核《弾丸》を二つも使い潰したが……ひとまずのお別れだ。麗《うるわ》しく愛《いと》しきアサシン」

× ×

数分後。

スノーフィールドの市街地に、気配を消しながら路地裏を隠れ歩むジェスターの姿があった。

——あの愛《いと》しきアサシンから隠れるならば、森の木陰や砂の中ではない。人間どもの合間だ。

——蕩《とろ》けるような甘さの彼女には、人間を殲滅《せんめつ》して私を炙《あぶ》り出《だ》す事はできないだろうからな。

そう考えたジェスターは、敢《あ》えて街の中心部に戻る選択をしたのである。

現在の姿は、警察署でハンザ・セルバンテスと闘った時のものだ。

人狼《じんろう》の心臓を贄《にえ》とした自爆術式を近距離で発動させ、ゴーレム型の外観を盾としてあの場を脱する。

アサシンを振り切れるかどうかは賭けだったが、攻撃の為《ため》の宝具を展開していた為《ため》、切り替えの隙をついて逃げ出す事ができた。

もしもあの時に発動していた宝具が探知系の物だったならば、気配を消し切ったジェスターとて即座に追撃されていた事だろう。

——だが、想像よりも簡単に振り切れたな……。

――あるいは、我が愛《いと》しの君も想像以上の深手を負っていたのか？

――ああ、だとしたら心配だ。俺より先に別の誰かに殺されてしまうかもしれない……。

アサシンの身を案じるジェスターだが、吸血種の男としての姿になった自分自身の姿も、決して万全というわけではない。

ハンザに刻まれた聖別済み榴《りゆう》弾《だん》砲の疵痕《きずあと》がいまだ癒えておらず、顔の一部には火傷《やけど》のような疵痕《きずあと》が浮かんでいた。

「さて、どう動くべきか……あの小僧の術式のせいで、『弾倉』はほぼ使いものにならん」

足を半分引きずりながら歩くジェスター。

そのまま闇の奥に消えようと更に一歩踏み出す。

つい数秒前までコンクリート一色だった筈《はず》の路地裏の壁に、古びた石垣の壁が混ざり始める。

しかし、ジェスターはその違和感に気付かない。

更に一歩。

壁に不気味な蔦《つた》が蠢《うごめ》き始めるが、ジェスターは気付かない。

更に一歩。

アニメキャラクターのようにディフォルメされたカボチャ色の蜘蛛《くも》が頭上でハート型の巣を張り始めるが、ジェスターは気付かない。

更に一歩。

アスファルトだった筈《はず》の地面が、いつの間にか砂利道に変わっている。

そこでジェスターは違和感に気付き、顔を上げた。

「……は？」

思わず、呆《ほう》けた声を上げてしまった。

まだ暫《しばら》く続く筈《はず》だった路地裏の道が消《き》え失《う》せ、目の前に先刻までと全く違う光景が広がっていたのだから。

視線の先に生まれたものは、丘の上に立つ古びた西洋の城。

それには、見覚えがあった。

直接出向いた事こそないが、自らの祖に倣《なら》って人類の歴史や文化を嗜《たしな》んだ身として知識だけは存在していたのである。

かつて、吸血城主と渾名《あだな》された貴族の女性が虐殺を行った城——チェイテ。

しかも遺跡ではない。

建てられた当時の姿のまま、色あせた様子すらなくその丘の上に鎮座してジェスターの姿を見下ろしていた。

更には、路地の表にいたような一般人の姿は完全に消えており、様々な意匠のぬいぐるみがクレイアニメのような動きで城の周りを闊歩《かっぽ》している。

ぬいぐるみの何体かはウクレレやラッパを手にして妙に聞き手を苛立《いらだ》たせる音楽を奏《かな》で、パレードの中心にはピエロの格好をしたヒトデのようなぬいぐるみが髑髏《どくろ》と目玉でお手玉をしている姿があった。

「なんだ？　これは……いや、まさか」

ジェスターは、即座に自分が置かれている状況の真実に思い至る。

先刻、繰丘椿の夢の世界において起こった異常気象——『菓子の雨』。

あの現象を成す事ができる術者ならば、このレベルの幻術も容易《たやす》く行えるだろう。

つまり、自分は今、他者の生み出した幻術世界の中に捕らわれているのだと。

——万全ならば、この程度の幻術など即座に否定し脱出できるものを……！

歯噛《はが》みするジェスターを嘲笑《あざわら》うように、城の屋上が光り輝き、彼にだけ聞こえる声が世界の中に木魂《こだま》した。

「やっほー！　突然の理不尽にイラっとする準備はいいかな？　お祭りが始まるよ？　カウントダウン9、8、7、6、1、0、ドーン！」

「あーあー！　マイクテスマイクテス！　楽しい楽しいスノーフィールド海賊ラジオ、オールデイズ黒髭《くろひげ》&オールナイト青髯《あおひげ》の時間だよー？　カリブ海からオルレアンまで、ハートクラッシュフロムダスクティルドーン。ドーン！　クフー！　楽しいねえ嬉《うれ》しいねえ！　……。ねえ、ラジオってこんな感じでいいの？　本当に？　この情報、記録として刻んで問題無い？　あと黒髭《くろひげ》って誰？」

ジェスターの右耳に飛び込んできた少女の声に続き、左耳に少年の声が鳴り響く。

突然の事に、吸血種であるにも関わらず目眩《めまい》を覚えるジェスター。

そんな彼に対し、左右の耳から聞こえる声は一際《ひときわ》楽しげにジェスターへと語り掛けた。

「やっと捕まえられたよー！　ようこそ楽しいパレードへ！　チケットは持った？　フリーパスで乗りたい放題の食べ放題！　ただしお帰りはできません！　やったねジェスター君！」

――っ！

自分が名指しで呼ばれた事に危機感を覚えるジェスターに、少年の声が大袈裟《おおげさ》な調子で言う。

「高位の吸血種を幻術に閉じ込めるって、結構厄介なんだよねー！　薔薇《ばら》の魔眼でもあるならいざ知らず、全力で宝具使わなきゃ駄目かなーって思ってたけど、今の君ぐらいなら素の力で余裕だったよ！　ありがとう！　君を弱らせたどこかの誰か！　感謝の印に、僕達のどっちかが恋人になってあげてもいいぐらいだね！」

「それ罰ゲームじゃない？」

「ジワジワと弄ばれて命を削られるのが嬉《うれ》しいって人かもしれないし……。あ、でも僕は意外と一途《いちず》だから、破滅したいって言うなら最後まで付き合ってあげるよ？　ぶっちゃけ死因がそれだったしね！　ジルの場合は恋人っていうより親友だったけど」

自分の左右の耳がそんな戯言《たわごと》の言い合いで満たされるという状況に悲鳴を上げたくなったが、ジェスターは歯を食いしばりながら小声で呻《うめ》く。

「貴様ら……何が目的だ？　何故《なぜ》こんな城の幻覚を俺に見せる？」

　すると、首を傾《かし》げるようなジェスチャーが見えてくるような声で少女が答えた。

「え？　あれれ、気に入らなかった？　うーん、ルーマニアのお城とどっちにしようか迷ったんだけど、ほら、君の正体って、昔ヴァン＝フェムの所にいたドロテアでしょ？　だったらエリザベート・バートリーの方のお城の方が似合うかなって。あ、一応言っておくけど、別に性別でお城を選んだわけじゃないよ？　串刺しよりは血のお風呂《ふろ》かなって思っただけ！」

ドロテア。

　その名が出た事でジェスターは更に強く歯を軋《きし》ませるが、そんなジェスターを無視して少年の声が少女の声の主へと語り掛けた。

「やっぱりお城の飾り付けがちょっと地味だったから不満なんじゃない？　なにか足りない気がするし……上にマルボルク騎士城を盛るとか……」

「……？　何言ってるの？　フランソワ《昔の私》君、大丈夫？」

「……？？？　いや、ごめん、自分でも不思議だよ。本当に何を言ってるんだろう？　でも、なんとなくそんな気になったって言うか、アレクサンドリアの大灯台とか上に重ねると凄《すご》くしっくり来るっていうか、絵的に映えるんじゃないかなって思って……」

「英霊になると頭がどうかしちゃうのかな……？　それはそれで楽しそうでいいね！」

　やはりなんの脈絡もなく騒ぎ続ける男女の声に、ジェスターは苛立《いらだ》ちながら叫んだ。

「巫山戯《ふざけ》るのならば相手を選べ、星に染《し》みついた羽虫の残骸どもが！　貴様は、貴様らは所詮星に捨てられ――」

「……アサシンの女の子」

「！」

少女の言葉に、ジェスターの怒りがスウ、と収まる。

どんな情報であれ、愛《いと》しきアサシンが絡《から》む話であるのならば心を乱して聞くわけにはいかないからだ。

「わあ、一気に冷静になるの本当に気持ち悪いけど、だからこそ応援したくなっちゃうね！　安心しなよ、吸血種の化け物くん。僕達は君の恋と愛を応援しに来たんだ」

「ポップコーン片手なのは勘弁して欲しいけどね！　私達は君の味方だよ？」

――馬鹿な、何を根拠に……。

そう言いかけたジェスターだが、そこでふと気付く。

自分は、いつ、どの瞬間から幻術の世界に捕らわれていたのだろうと。

「あ、気付いた？　気付いちゃった？」

「そう、君を幻術の中に隠したのは……さっきの爆発の時だよ？」

「つまり、アサシンちゃんから逃がしてあげたってわけ！　あ、ごめん、いちいち言葉にしちゃうとか恩着せがましかったね！　そういうのって良くないから、言い方を変えるね？」

そこで声のトーンを落とし、少女の声は言葉を続けた。

「まだ君は……自分の心臓を爆破した場所から、一歩も動いてないよ？」

「……っ！」

――見くびっていた！

――この幻術……もしや、神代に近き程に起源が古いというのか……⁉

警戒の度合いを数段階引き上げ、ジェスターは慎重に相手の出方を窺《うかが》った。

ここで幻術を解除されれば、現実ではまだ目の前にアサシンがいる可能性はある。

つまり、声の主は恩を着せているのではなく、脅しをかけに来ているのだ。

「そう警戒しないで。言ったよね？　君の報われない恋を応援するって。代わりに、一つやって欲しい事があるんだよね――」

そんな彼に対し、少女の声はあくまでもゆるい調子で言葉を紡《つむ》ぐ。

「ここから西の森でね、厄介な工房……いや、工房なんてもんじゃないね。世界の理を弄《いじ》って、神殿と霊地を造り上げようとしてる、怖い怖い神様がいるの！」

ジェスターとチェイテ城の前に蠢《うごめ》いていたぬいぐるみ達が一斉に内側から破裂し、その中から綿の代わりに大量の血と肉塊が零《こぼ》れ落《お》ちた。

溢《あふ》れ出《で》た血と肉塊は赤ではなく蛍光ピンクに輝いており、やがて蠢《うごめ》きながらパレードの中心だった場所へと集まっていく。

そして、先刻までヒトデのぬいぐるみがジャグリングしていた頭蓋骨と眼球へと集約し、巨大な粘菌のようにそれらを取り込んで人型を形成した。

次の瞬間、蛍光ピンクの輝きが青白く塗り替えられ、一人の美少女がその場に顕現する。

恭《うやうや》しく一礼をしながら、少女は手にした傘を回しつつ言った。

「私達としてはさ、人間の為に聖杯戦争をやってるんだから、君みたいな死徒や神様に出しゃばられても困っちゃうんだよねー。最初はセイバー君にでもお願いしようと思ったんだけど、ほら、神様や怪物を退治するのが、いつも人間ばっかりじゃ飽きちゃうでしょ？」

そこで少女――フランチェスカ・プレラーティは、享楽に満ちた笑みを浮かべてジェスターに言った。

「だからさ……君、ちょっと潰して来てくれないかなあ？　神殿と神様」

「……何を、言っている……？」

突然の物言いに、眉を顰《ひそ》めるジェスター。

頭の中で、この巫山戯《ふざけ》た状況から抜け出す為《ため》の算段をいくつも組み立てるが、それを上回る速度で周囲の魔力組成が変化し続ける。

いや、実際には変化などしておらず、幻術でそう見せかけているのだろう。

だが、ここまで高レベルの幻術ならば結果は同じ事だ。

ただ二つだけ、確かな事がある。

一つは、目の前の女が言う『恋を応援する』などという事は欠片《かけら》も信用ならぬという事。

もう一つは、たとえどれほど疑わしかろうと、麗しのアサシンに絡《から》む言葉を無視する事ができない自分がいるという事だ。

歯噛《はが》みするジェスターを前に、少女はカラカラと笑う。

「タイミングが重要でさあ、できれば暫《しばら》く身を潜めて、壊すのは明後日《あさって》ぐらいにして欲しいんだよね」

「……？」

「そのぐらいまで近付いたら、行けると思うんだよね」

遙《はる》か西の空を見ながら、フランソワが言う。

「そうだねー、あんまり近づけ過ぎても、聖杯の基盤ごと壊されかねないし……」

いつの間にか姿を現していたもう一人の声の主である少年が、チェイテ城の屋上から遠くを見つめて呟《つぶや》いた。

ジェスターも、薄々は感じ取っている。

聖杯戦争とは直接絡《から》まぬ筈《はず》の強大な魔力の塊が——幻術で生み出したこの世界からも感じられる程の『何か』が、西からゆっくりと近付いてきているという事を。

そんなジェスターを余所《よそ》に、少年少女——二人のプレラーティは遙《はる》か西から迫る強大なエネルギーの塊に意識を向け、邪悪にして蠱惑《こわく》的な笑みを浮かべたまま同じ言葉を呟《つぶや》いた。

「『聖杯に混ぜちゃいたいよね……アレ』」


だが、そんな黒幕の彼らですら、まだ知らない事がある。

ほぼ同時に起こっていた成層圏上での闘いの余波によって、混乱は世界中に広がり始め——

西から来る『何か』が更なる力を得たという事実を知るのは、これから僅か数分後の事だった。

二十二章
『四日目　最初で最後の安息日』

その翌日。

スノーフィールドは、昨日の破滅的な喧噪《けんそう》が嘘《うそ》であるかのように穏やかな朝を迎えていた。

だが、それはあくまでも町の上辺の話。

町の内部——というよりも、スノーフィールドの外側の世界において、新たなる喧噪《けんそう》が広がり始めていた。

×　　　×

アメリカ西部　報道番組

『継続して、特別報道番組をお送りしています。ワシントンD．C．における河川の爆発について、政府は「未発見の小惑星同士の衝突により生じた破片が、廃棄された人工衛星を巻き込んで落下したもの」という見解を示し――』

『最大級の飛来物が落ちたとされる北極圏の映像です。御覧下さい。南方から飛来したと思われる物質は、アラスカとロシアの境界線を通る形で着氷したとみられ、チュクチ海の北側を起点として、北極点に向かって広がる海氷が円形に近い形で消失しています！　最低でも五十万平方キロメートルの面積における全ての海氷が消失したと推算されており、スペインの国土ほどもある氷が数分の間に蒸発したと見られ……』

『北極に落ちたものが人類圏、いえ、人類に限らず、北極以外の地上に落ちていた場合、地球の環境に不可逆的な影響があった可能性が――』

『都市部近隣への落下物が人為的なものだと誤作動したセンサーにより、一時的に各国の緊張状態が高まり、この事態の収束についてアメリカ、ロシア両政府は共同声明を発表――』

『続いて、気象情報となります。【イナンナ】と命名された巨大な台風はその後も北東へと直進し、派生した複数のトルネードによる甚大《じんだい》な被害が報告されています。一時的に速度を緩めたイナンナですが、勢力は急激な増大を続けています。セコイア国立公園においては樹高70メートルを超えるジャイアント・セコイアの巨木が何本も巻き上げられたという信じられない事象が記録されております。僅か数分の間にスケールが増大した原因については解析中であり、インターネットなどでは先の小惑星衝突による破片やそれに巻き込まれた人工衛星の落下が影響を与えたなどという説が出回っていますが、全て根拠のない憶測です。不確かな情報に惑わされる事無く、引き続き政府の発表を――』

×　　×

4日目朝　スノーフィールド西部　森林地帯

森が、蠢《うごめ》いていた。

スノーフィールドに近づきつつある巨大台風の影響により周辺の風は強くなり始めていたが、その風に逆らうかのように、森の木々が規則的にその枝葉をしならせている。

木々の蠢《うごめ》きは規則性を増し、上空から見ると一つの巨大な渦を描き、周辺の風を逆に引《ひ》き摺《ず》り込もうとしているようにも見えた。

その中心に居るのは、自然豊かな森の中心に似合うとも似合わぬとも言える存在。

大自然の美を集約したような外見をしながら、現代社会の産物であるブランドファッションに身を包んだ女性。

その横には森にキャンプに来たというにはいささか都会的な服装の少女が立っており、更にはビルほどもある巨大な機械人形がせわしなく蠢《うごめ》いているという状況だ。

高さ数十メートルもある機械人形の周囲には、均一に切り出された岩やその場で機械人形の力により焼き固められた粘土が浮かび上がっており、魔力か何かで操られているのか、平らに均《なら》された地面に石畳みのような形で敷き詰められていく。

「それにしても……貴女《あなた》、随分と雷の素養が色濃く出たわね」

巨大な機械人形のような姿をしたバーサーカーの方を見ながら、ブランド物の衣服に身を包んだ女性——フィリアの身体《からだ》を乗っ取ったイシュタルが言う。

「現代でこの子が顕現するとこんな感じになるのかしら……それともハルリ、呼び出す時に何か変なものを触媒にしたりした？」

「は、はい！　ええと……本来はバーサーカーとしてエジソンを呼ぶ予定でしたので……マズダランプを触媒に……」

「ふーん？　マズダって、アフラマズダの？　その影響……？　いえ、そこまで適当なシステムじゃないわよね流石《さすが》に。だとしたら……」

そっとバーサーカーに手を触れるフィリア《イシュタル》。

彼女の手から迸《ほとばし》る魔力を浴びただけで、バーサーカーのマスターである少女——ハルリは精神を食い破られそうな錯覚を覚えた。

いや、あるいは錯覚ではなく、気を抜いた瞬間に本当に魔力回路が侵食されて焼き切れるかもしれない。

それ程に濃密な魔力——それこそ神代のエーテルそのものと言った圧倒的な『力』が、アインツベルンのホムンクルスの身体《からだ》の中に渦巻いているのだ。

その力をただの探査に使ったと思《おぼ》しきイシュタルは、得心がいったとばかりに微笑《ほほえ》む。

「ああ、やっぱりね。貴女《あなた》のメラム……この時代に合わせて調節されてるわ。電気だの火薬だのを操るようになった人間の文明自体が一つの災厄……って事ね」

「調節……？」

「この子は人間にとっての災厄の塊よ。もちろん、サーヴァントとしての器に収まってるからその全てを再現できてるわけじゃないけれど……私が完全になれば、その邪魔な枷《かせ》も取り払ってあげられるわ」

枷《かせ》。

バーサーカーの霊基に当てはめられた英霊として顕現している今の状態をそう言い切ったイシュタルは、不敵な笑みを浮かべながら言った。

「神殿が完成すれば、この身体《からだ》の神格も一段階引き上げられるから……そうしたら、思い切って星の上蓋でも描き換えようかしら。うん、夢が広がるわね！　私は好きなだけ人類を見守れるし、人類は滅びる時まで私に見守られるわけだし、これってＷｉｎ－Ｗｉｎの関係よね！

便利な言葉があるのね現代！　気に入ったわ！」

フィリアの知識か、あるいは世界そのものから引き出した知識を口にして満足げに頷《うなず》いていたイシュタルだが——

「……」

不意にその笑顔を消し去り、いかにも不快そうな目で街の方角を睨《にら》み付《つ》ける。

「ガラクタがこっちを見てる気配がするわね……今すぐ赤土になるまで削って海にでもばらまいてやりたい所だけど、今は我慢してあげる」

そして、フィリアの中に入り込んだ女神の残滓《ざんし》は、地ならしと神殿構築を続ける巨大な機械人形を見ながら呟《つぶや》いた。

「見てるのは私じゃなくて、昔馴染《むかしなじ》みの貴女《あなた》の事みたいだしね」

「？」

ハルリの疑問を余所《よそ》に、イシュタルは一人で納得しながらバーサーカーに語り掛ける。

「まだ意識はあるの？　完全に消えたのか……それとも隠れているのかしら？」

「どっちにしろ、あのガラクタは無駄な足掻《あが》きを永遠に続けるんでしょうけどね」

×　×

クリスタル・ヒル　最上階

「……君はまだ、そこにいるのかい？　……フワワ」


エルキドゥがそう呟《つぶや》いたのを、ティーネ・チェルクは確かに聞いた。

本来は敵であるランサーがこの部屋に戻ってきたのは、つい先刻。

昨日の午後に現れた『何か』と激しい戦闘を繰り広げながら空に昇っていく気配はティーネも感じていた。

ギルガメッシュの霊基の崩壊を食い止めるべく魔力を使い続けていたので、直接視認などは行えていないが、周囲の配下達の様子から、この半日の間にただならぬ事態が進行している事は少女にも理解できる。

だが、それでも彼女はギルガメッシュから離れなかった。

たとえ窓の外で世界が滅びていようとも、自分はこの部屋の中で魔術を行使し続けなければならないという想《おも》いに囚《とら》われていたのである。

ティーネが限界を迎えかけていた時に戻って来たランサーは、彼女と己のマスターである銀《ぎん》狼《ろう》の魔力を繋《つな》げる事で、その命を長らえさせたのだ。

助けられた、という感謝と屈辱、何より己の力不足への慚愧《ざんき》が押し寄せてくる中、ティーネはその呟《つぶや》きを聞いたのだ。

――フワワ……。

――ギルガメッシュ様が倒した、怪物の名前。

――……！

――あの、鋼の魔獣……？

ティーネの中で、情報が一気に繋《つな》がって行く。

ギルガメッシュの身体《からだ》を貫いたあの魔獣が纏《まと》っていた、七色の光輪。

一つの光輪が七色に輝いているわけではなく、七種の光輪が重なり合っているのだとするのならば、自《おの》ずとその正体は絞られる。

だが、本当にあの魔獣だとしたら、全ては納得がいく。

ギルガメッシュ。

英雄王としての彼を目の当《ま》たり《あ》にしたティーネはその光輝に目が眩《くら》んで忘れていたのだ。

その王が怖《おそ》れを抱いた魔獣の存在を。

フワワ。

またの名をフンババと呼ばれる、レバノン杉の森の番人。

叙事詩において、ギルガメッシュとエルキドゥがシャマシュ神の助力を得て倒したとされる怪物である。

「……」

ティーネは、目の前に横たわる自らのサーヴァント――今や人型の抜け殻と化しているギルガメッシュの霊基に魔力を送り続けながら改めて己の迂闊《うかつ》さを噛《か》みしめる。

――私が事前に全てを把握していれば……あの鋼の獣を倒す手立ては十分にあったのだ。

――叙事詩においてもギルガメッシュ様が常に一人で勝ち続けたわけではないと知っていた筈《はず》なのに……。

「クゥン」

こちらの心に影が差したのを感じ取ったのか、横に蹲《うずくま》っていたキメラ――エルキドゥのマスターである銀狼《ぎんろう》が不意に頭をあげ、ティーネを案じるような鳴き声を漏らした。

「……ありがとうございます。あなたは、私の恩人です」

なんの裏表もなく、ただ弱った生き物を案じる銀狼《ぎんろう》の姿を見て、ティーネは想《おも》う。

――そうだ、ただ落ち込んでいるわけにはいかない。

――最後の瞬間まで、私は土地守の末裔《まつえい》としての役目を果たす。

――ギルガメッシュ様の従者としての役目も……。

当のギルガメッシュが健在であれば、そんな事を聞かれた日には『この我《オレ》への従属を片手間でこなすつもりとは、随分と傲慢な思い上がりをしたものだな』などと言われるかもしれない。あるいは、そのまま無礼だと断罪されて命を奪われる事さえあるだろう。

だが、不思議とティーネは、それが恐ろしい事だとは思わなかった。

あの王の前では、自分の死が断じられる事ですら運命の予定調和のように感じられる。

――だけど。

今のティーネは、そのままでは駄目だと理解している。

このホテル内に設置されたカジノの中でギルガメッシュに言われた言葉が、まだ幼い少女の頭の中に蘇《よみがえ》った。

――「我《オレ》を敬うのは構わん。当然のことだからな。だが、我《オレ》を盲信はするな？　目を耀《かがや》かせたなら、その目をもってして、己の道を見極める事だ」

――「いや、我《オレ》に限らん。『神』だろうと、お前達の言う『大自然の恩恵』とやらであろうと、『先祖代々の悲願』だろうと同じ事よ。思考を放棄し、何かを崇《あが》め縋《すが》る事は、魂が腐り落ちているも同然だ」

その言葉が何度も何度もティーネの中に繰り返され、彼女の魂を刺激し続ける。

――考えろ。

――考え続けろ。

──思考を停止させてはならない。

命をかけてギルガメッシュの霊基に魔力を送る自分に満足してはならない。

この状況を決して肯定してはならない。

『自分はできるだけの事をやっているのだ』等《など》という言い訳をする暇があるのなら、マスターとして、魔術師として、ティーネ・チェルクとしてできる事を考え続けなければならない。

自らの殻を破ろうともがき続けるティーネの神経は研ぎ澄まされ、徐々に魔力回路がこの土地そのものと同化していく。

彼女の一族は死と共に土地に取り込まれる。

自分も生きながらに龍脈と同化し続け、やがてその一部となる運命なのだ。

だからこそ、彼女は気付く。

土地守としての彼女は、確かにその大きな異変を感じ取っていた。

この土地そのものが、これまでとは異なる色彩に塗り替えられようとしていると。

──これは、決して悪《あ》しき変化ではない。

──土地が……古き時を取り戻していくのが分かる。

──だけど……私はそれを受け入れていいのだろうか？

──私の成すべき事は……。

本来ならば、外来の魔術師達と同じような土地への侵略行為だと憤《いきどお》るべきなのかもしれない。

だが、彼女の中には逡巡《しゅんじゅん》が生じていた。

ティーネ・チェルクの中に迷いが生まれた理由は一つ。

変質しつつあるその土地の力が――ほんの僅かだが、ギルガメッシュの中にも流れ込んでいるように感じられたからだ。

だが、それがギルガメッシュの霊基に蓄積されている様子はない。

彼の遺骸を通して、どこか別の次元に流れ込んでいるかのような、奇妙な力の流れだ。

あるいは、果てしなく深い、虚無の穴の中に落ちて行くかのような。

×　　×

ゆめのなか

繰丘椿《くるおかつばき》は、ただ深い深い暗闇の中で膝を抱え、影の微睡《まどろ》みに包まれていた。

少女はもう、夢を見ない。

少女はもう、何も望まない。

望みを叶《かな》え続けた代償を知ってしまったからだ。

全てが偽り、夢物語ならばまだ良かっただろう。

だが、現実はもっと残酷だった。

己の夢の為《ため》に、知らぬ間に多くの人々を犠牲にしていたのだ。

幼い少女には具体的に何が起こったのかまでは把握しきれていない。

だが、確実に理解した事はある。

多くの人達が、自分のせいで苦しんだ。

友達になれたと思った黒い服の年上の男女が困っていたのも、全て自分のせいだったと知ってしまったからだ。

――ごめんなさい。

――ごめんなさい。ごめんなさい。ごめんなさい。

延々と繰り返される言葉の中、何に謝罪しているのかも曖昧となり、ただ、自分自身を否定し続ける澱《よど》みとなって虚無を漂い続ける少女。

本来ならば、すぐに虚無に取り込まれて無意味な謝罪の言葉も、魂の形さえも消え去る筈《はず》だったのだが――彼女の意識がそれでも少女としての形を保っているのは、力の多くを失った繰《くる》丘椿《おかつばき》のサーヴァント――ペイルライダーの霊基が、己の霊基の膜でその全身を包み込むようにして彼女を護《まも》っていたからだ。

しかし、そのサーヴァントの存在の基盤は、少女の魂に他ならない。

このまま彼女の意思が虚《うつ》ろと完全に溶け合ってしまえば、令呪を通した魔力の繋《つな》がりも消《き》え失《う》せ、完全に消滅する事だろう。

ライダーは、己が消滅する事を怖《おそ》れてはいなかった。

元より、そうした形での自我は持ち合わせていなかったのだから。

だが、聖杯より与えられたサーヴァントとしての役割か、あるいはこれまで椿《つばき》の望む夢の世界を構築し続けた影響か、マスターである彼女を護《まも》るというプログラムだけが明確に残り続けていた。

死の概念そのものであるサーヴァントが生み出したその庇護膜《ひご》は、まるで生命の誕生を象徴する卵のようにも見える。


このまま虚無の海を漂い続け、あと数日の内にはサーヴァントも椿《つばき》もろとも消え去る定め。

そうなる筈《はず》だったのだが——

微《かす》かな異変が、少女と英霊の周囲に構築され始めた。

まず、天地すら無かった虚無の海の中に、大地が生まれた。

最初は泥のように、あるいは流れる砂のように曖昧に。

やがてそれは土となり、椿《つばき》を内包したペイルライダーの卵は、ゆっくりとその地面に落ちる。

椿《つばき》の生み出した世界と違う所は、彼女が中心ではなかったという点だろう。

光はない。

椿《つばき》もペイルライダーも、変化にはまだ気付かない。

ペイルライダーは状況の変化に気付いていたのかもしれないが、それを気にするだけの自我は構築されていないと思われた。


それから、どれだけ時が経《た》っただろうか。

彼女達から遠く離れた場所に、青い灯火が揺らめき始める。

灯火は静かに揺らめきながら暗き地を彷徨《さまよ》い、やがて椿《つばき》とペイルライダーの卵の側にまで辿《たど》り着《つ》いた。


そこでようやくペイルライダーが反応を見せた。

椿《つばき》を護《まも》るように人型となって伸び上がり、灯火の前に立ち塞がる。

だが、暫《しば》し灯火と相対した後ペイルライダーはその灯火が敵ではないと判断したのか、椿《つばき》を包み込む形態へと戻り動きを止めた。

戸惑うように揺らめきながらも、灯火はゆっくりと輝きを増し、卵の周りに一つの細長い檻を形作る。

それは一見、罪人を閉じ込める為《ため》の設備のようにも見えた。

だが、灯火には悪意も敵意も感じられず、ただ温かく椿《つばき》を照らし続ける。

繰丘椿《くるおかつばき》を優しく囲んだその『檻《おり》』は——

まるで、少女の傷を癒やす揺り籠のようにも見えた。

×　×　×

スノーフィールド地下施設　デュマの工房

警察署の地下には、街の中心部にある各施設へと繋《つな》がる通路が存在する。

その先に進んだ場所にある、地下20メートル地点にある、警察陣営所属のキャスター——アレクサンドル・デュマ・ペールの工房。

部屋の奥で何かの作業を続けているデュマの他には、部屋の中央に彼のマスターである警察署長のオーランド・リーヴと、その部下であるヴェラ・レヴィットの姿があった。

難しい顔をしているオーランドに対し、デュマは部屋の奥から楽しげに声を上げる。

「クリスタル・ヒルのレストランは中々だったぜ。ありゃ、ちゃんとブイヨンを作る時に出る上澄み脂を使ってフライを揚げてるな。中の肉の仕上がりも上々だ」

「……もはや、君の無断外出をとやかくは言わん。令呪で縛った所で作業の効率が落ちるだけだろう」

「おっと、俺の扱い方がますます分かってきたようで何よりだ兄弟。まあ、そうカリカリするなよ。警官隊の連中があの状況から一人も欠けずに戻って来たのは奇跡だ。夢の中とやらはともかく、周りであんな大虐殺があった中でよ」

「……」

デュマの言葉に、署長は無言で考え込んだ。

――フラット・エスカルドスが死んだ後に現れた『何か』は、警官隊を攻撃しなかった。

――あれはやはりフラット・エスカルドスであり、我々との休戦協定はまだ生きている……という事か？

――ならば、今後も彼とコンタクトを取る事は可能なのか？

過度な期待をすべきではないと考えつつ、自分達の打つべき次の一手を模索する。

「繰丘椿《くるおかつばき》は現在、生命レベルが一段階低い状態となっているそうだ。予断を許さない状況らしいが……」

横目で見ると、普段は鋭い刃のように冷徹な印象を振りまいている彼女にしては珍しく、やや憔悴《しょうすい》したように双眸《そうぼう》を曇らせながら言った。

「その後も変化はないそうです。姉が徹夜でついていますが、このままではあと3日もつかどうかも怪しいと……」

「そうか。その場合はマスターの死と共にサーヴァントの霊基は己を保てなくなる事だろう。君の姉には悪いが、大人数の人間と英霊を固有結界内に閉じ込める……あれほどの力を見せられた後では、周囲や街を危険にさらしてまで救う、という手は認められん」

「……はい」

「最も危険視すべきは、その英霊が何者かと再契約する事だが……それほど強力な英霊ならば、魔力供給が絶たれれば即座に消滅するだろう。確定ではない以上、警戒は必要だが」

椿《つばき》を見捨てる、と言っているにも等しい署長の言葉に、ヴェラは何も反論はしなかった。

彼女の英霊の力は、自分達が直接体験している。

もしもセイバーの助けが無ければ、多くの仲間が犠牲になるどころか、下手をすれば全滅もあり得たのだ。

これでもなお少女の命を救いたいというのは、街全体の他の人間達を見捨てるという事に他ならない。

さりとて、魔術の世界を欠片《かけら》も知らぬ姉がその少女の命を救う為《ため》に己の身命を懸けている事を考えると、どうにも陰鬱な気分にならざるを得なかった。

魔術師らしくない思考だが、それは署長譲りであり、警官隊のメンバーの多くも同様であると理解している。

ある意味で他の魔術師達のように人間としての倫理や思想を捨てる事ができなかったからこそ、自分達はこの場に立っているのだ。

それとは別として、オーランドと長い付き合いであるヴェラは、誰よりもその決断を署長自身が悔しがっている事を知っている。

合理的な魔術師の思考を持った上で今の署長の立場ならば、本来は『見捨てる』ではなく『積極的に始末する』となるのが正解なのだろう。

あるいは、聖杯戦争が早急に終結する事で令呪から解放されれば、繰丘椿《くるおかつばき》の体調も回復するかもしれない。

——……今さら何を言っているんだろう、私は。

都合の良《い》い妄想を期待する自分の甘さを痛感したヴェラは、感情を完全に切り放すべく思考を調整しようとしたのだが——

そんな彼女の鼻腔《びこう》を、穏やかでありながら鮮烈に心を刺激する匂いが擽《くすぐ》った。

「……？」

ヴェラが顔を上げると、部屋の奥から大皿を持ったデュマが歩いてくる。

食欲を刺激する匂いはその皿から漂ってくるようで、隣を見ると、署長も眉を顰《ひそ》めながらこちらにやって来るデュマを見つめていた。

「おい、できたぜ」

デュマはそんな視線を気にもせず、会議用の円卓の上に皿を置く。

すると、不思議な事に、無骨な作業用の台に過ぎなかった筈《はず》の机の色と形が上書きされ、歴史あるレストランか貴族の城もかくやとばかりの豪奢《ごうしゃ》なダイニングテーブルへと変化した。テーブルクロスが穏やかな風に揺れ、いつの間に現れていた燭台《しょくだい》が周囲の景色を暖かく照らし出す。

皿の上には、見ただけで満足するような見事に飾り付けられた料理が載っていた。

パイ生地やソース、飾り切りをした野菜やムースなどを用いて、宮廷の庭のように模《かたど》られた肉料理。添えられたトリュフの薄切りすらもがパーツとなって一つの『景色』を皿の上に造り上げている。

野菜の飾り切り一つを取っても、食べること専門の美食家では決して辿《たど》り着《つ》けぬであろう研《けん》鑽《さん》に裏打ちされた技巧が施されていた。

まるで一つの完成された彫刻作品のようでありながら、それでいて『食べるのが勿体無《もったいな》い』というよりも『早く食べたい』と食欲が勝る芳醇《ほうじゅん》な香りに満ち、視覚だけで胃と舌を刺激する味わいの色《いろど》が皿の上を彩り跳ねている。

「これは……」

署長の呟《つぶや》きに対し、デュマが答えた。

「あん？　お前らの武器にやったのと同じだ。ちょいとテーブルの歴史を盛っただけだ。投影魔術ってぇのか？　そいつの一種みてぇなもんだから、飯を食ったらすぐに戻るぜ」

「いや、そうではない……その料理は、君が作ったのか？」

「ああ、余った武器だのなんだのを、全部調理器具に書き換えてな。毒短剣を包丁にしたりはしてねぇから安心しろ」

全く悪びれずに言うサーヴァントだが、署長は怒りやいらつきよりも先に驚きの方が勝っていた。デュマが美食家であり、自ら狩りをして調理を行う程の入れ込みようだという事は知っていたが、技術まで含めて想像の数段階上を行っていたのだ。

「この料理にも、君の魔術を？」

「いや？　味わう為《ため》の料理に使うほど、俺は自分のにわか魔術を信用しちゃいねぇよ」

「……そうか。君は宝具の製造よりも食を高きに置いて……いや、言うまい。さっきから奥で何をしているのかと思ったが、まさか料理を作っていたとはな。匂いを遮断していたのか？」

「止められても面倒だからよ。いいキジ肉が街に並んでたんで、ちょっとな」

やはり悪びれずに言うデュマ。

呆《あき》れて溜息《ためいき》を吐く署長を前にして、デュマは己の唾が料理に決して飛ばぬ方角を向きながら朗々と語り始めた。

「最初は別の鳥のガランティーヌのフォンと合わせてテート・ノワール亭のルクルス風にするつもりだったんだが、欲しい材料が足りなくてよ。この時代のパイ生地ってのも味わっておきたかったから、胸肉をメインにしてパイ包みにしてみた。俺はキジの肉の匂いは鳥の中でもピカイチだと思ってるから、ソースの香味野菜は抑えめにしてある。だが、もしも兄弟や嬢ちゃんがキジの風味が苦手だってんなら、そこは軽く調整するぜ？　普通はそんな真似《まね》はしねえが、今回は大サービスだ」

これまでになく流暢《りゅうちょう》に解説するデュマに対し、ヴェラもまた驚きの眼《め》で料理の皿を見ながら言う。

「……驚きました。召喚したての頃にはハンバーガーを注文しておられたので、こうした料理を作られる方だとは……」

「ははーん。ヴェラ嬢ちゃんよお、俺の資料を小説だの戯曲だの歴史書だのを中心で読んだ口か？　俺の事が知りたきゃ、飯に関する本を読みな。俺自身を置いてきたのは『三銃士』や『ソールズベリー伯爵夫人』の中だけじゃねえ。むしろ素の俺は料理事典の中に丸ごと置いてきたと言ってもいい」

上機嫌でそんな事を言うと、デュマは部屋の奥に戻って人数分の取り皿を運んできた。

「召喚されてからこのかた、街の雑貨屋で売ってる固いゼリーにワンコインで買えるハンバーガー、貰《もら》った軍資金が目減りしちまう程の高級料理まで片っ端から喰《く》わせて貰《もら》った。食い方もこの時代の礼儀に合わせちゃみたが、まあ、それなりに面白かったぜ？　文句が無いわけじゃねえが、俺が時代遅れなだけかもしれねえから取りあえずは見《けん》に回った」

二人が席に座るのを促しつつ、デュマは料理を各人の皿に取り分けた。

普段の粗野な様子とは違い、驚くほど上品な調子で振る舞いながら食事を始めるデュマ。

署長とヴェラは突然の流れに顔を見合わせたが、『そんな話をしている場合ではない』という言葉は出てこなかった。

目の前のデュマの振る舞いには何かしら意味がある。

彼の態度にそう思わせる雰囲気があった事もあるが——堅物のオーランドやヴェラでさえ即座に空腹感を覚える程の『食の魅力』に満ちた一皿であったのだ。

結論だけを言うと、その皿はオーランド達がこれまで体験してきた食事の中で、確実に頂点を取るであろう味わいだった。

食事を終えた後、ワイングラスに満ちた酒を口に含みながら、デュマがクックツと笑う。

「まったく、歴史の研究が進むってのは最高だな。俺がタイユヴァン料理長を『シャルル七世の料理人』って書いたのが、今じゃ間違いって事になってるんだとよ。小説や戯曲だったら

『シャルル七世の方が面白いから問題ない』って言えるんだが、よりによって料理事典でのミスが後から発覚とはな。もう一段階研究が進んでまたひっくりかえるかもしれねえが」

ミスという事で伝わっているというのに、デュマは特に気にした様子を見せなかった。

「だがな、料理の研究が停《と》まってねえってのは僥倖《ぎょうこう》だったぜ。現代じゃ、牛の腎臓の食い方も大分熟《こな》れたみたいだしよ。断言してもいいが、料理は人類の進化のエネルギー源の一つだ。三大欲求って奴《やつ》だが、その中でも基本中の基本だからな」

眼《め》を細めつつも、その瞼《まぶた》の奥でギラギラと瞳を輝かせながら、デュマは言葉を続ける。

「昨日の晩餐《ばんさん》よりも今日の晩餐《ばんさん》を進化させたい、あるいはより美味《うま》く、あるいはより食いやすく、あるいはより安価に、手軽に、健康的に……どんな方向でもいいが、料理ってもんを一歩先に進めようって奴《やつ》が一人でもいる限りは、人類の文化は停滞しねえさ」

そこで一度肩を竦《すく》め、半分は自分自身に言い聞かせるように言った。

「とはいえ、だ。別に俺は料理は常に新しい手法が一番……とは思っちゃいねえぜ？　例えば俺が生きてる頃に食って一番美味《うま》かった羊肉のローストは、都会の最新の窯で焼いた奴《やつ》じゃねえ。ディアン＝ディアンの遺跡を見物しに行った時に馳走《ちそう》して貰《もら》った、羊を丸ごと灰焼きにした砂漠の料理だ」

「灰焼きか……意外だな」

「土と灰で焼くからって、粗野で雑な料理ってわけじゃねえぞ？　下ごしらえは丁寧で、積み重ねてきた歴史と経験に裏打ちされてるもんだ。ありゃあ今でも思い出せるが、俺が知る限り、ヨーロッパ中のどの店の羊料理をも上回ってた。今の時代じゃ、また話は違うだろうが……あぁ、ちょっと食いたくなってきたな。今からチュニスに行こうぜ兄弟」

「馬鹿を言うな、そもそも街から出られない状況すらまだ落ち着いてはいない」

恐らくは繰丘椿《くるおかつばき》のサーヴァントによる影響と思われていた現象だが、現在も完全に落ち着いたわけではない。

恐らくは、サーヴァント本人はそうした性質の『病気』を街に振りまいただけで、能動的に操っているわけではないのだろう。

病院を訪れた者達は正気には戻っており、恐らくは夢の世界から解放されたのだと思われるが、『何故《なぜ》か街の外に出たくない』という強迫観念のようなものは残っているらしく、新たに街の外に出ようとした者達も同様の恐怖感や不安感に襲われて戻ってくる者が大半だった。

「……今なら大分精神支配は弱まってんだろ？　魔術師なら、そこそこの礼装を使えば街から脱出できると思うがね」

「待て、キャスター……何を摑《つか》んだ？」

キャスターの物言いに違和感を覚えた署長は、食事の余韻を即座に消し去り己の心のスイッチを切り替える。

「あんたも、予想はついちゃいるだろ？　昨日のあの世界中で落ちた隕石《いんせき》だの人工衛星だの……どう見てもこの街が起点なのに、黒幕のお仲間であるアンタに何一つ連絡が来ちゃいねぇんだ。だからこそ、アンタはここに色々と確認に来たわけだ。正確には、こっから更に地下にある、紛《まが》いものの大聖杯とやらが、どこかに移動させられてないかってよ」

「……その通りだ」

「まあ、あれだけ世界中に影響を与えちゃ、兄弟の『上』の連中の判断が気になってくるのも当然だよなぁ。兄弟の目的は、聖杯戦争における周辺環境……人類社会の管理だ。それをしくじって纏《まと》めてボカン……ってやられるのは勘弁だよなぁ？」

「話を簡潔に言え。何を掴《つか》んだ？」

前々から、キャスターは自分ですら知らないネットワークを用いて情報を得ている節がある。部下達から聞いた話やデュマの能力から総合して推察するに、デュマはパソコンやインターネット、電波機器そのものの物語を改造し、宝具とは行かぬまでも擬似的な礼装としてスペックを底上げしているのかもしれない。

そう判断していた署長は、折を見てその推測をぶつけるつもりだったのだが、ことここに至っては、真相よりも先に知るべきは『何を掴《つか》んだか』という事だ。

これまでになく真剣な調子で問う署長に、デュマは一瞬眼《め》を逸《そ》らした後、言葉を選ぶようにしながら答える。

「……コード983『オーロラ堕とし《Aurora fall》』、だとよ。意味は解《わか》るか？」

「……っ！　実行はいつだ？　猶予はあとどれだけある」

「おや、疑わねえんだな」

「今しがたの晩餐《ばんさん》の意味が、下らない冗談の下地の為《ため》とは思えん。君は料理に対しては誰よりも誠実な男だ。今の料理を味わえばそれぐらいの事は分かる！」

断言する署長の言葉に、デュマは一瞬表情を消した後、嬉《うれ》しそうに笑いながら肩を竦《すく》める。

「ったく、あんた本当に堅物だな？　まあいい。こっちの時間で、今日の16時23分に発動されたとよ。実行はそっから48時間後だ。フランチェスカの嬢ちゃんやファルデウスには連絡行ってるかもな」

「15分前か……キャスター、君はこうなる事を予想して料理を作っていたのか？」

「悪いな、こいつは俺の英霊としての我《わ》が儘《まま》だ。予想が外れてくれりゃいいと思っちゃいたが、もし先に言ってたら、兄弟もヴェラの嬢ちゃんも、ゆっくりと飯を味わっちゃくれねえだろうしよ。まあ、流石《さすが》に兄弟の『上』の連中がそこまで無茶するとは思わなかったしな」

「……」

黙り込む署長に、デュマは笑みを消して問い掛ける。

「兄弟だって、半分ぐらいは『そうなるだろう』って予想はしてたんだろ？」

「ああ、否定はすまい。だからこそ、フランチェスカが大聖杯を隠すのではないかと予想していたのだが……あるいは、これから隠すつもりか？」

　二人の会話を聞いていたヴェラが、眉を顰《ひそ》めながら署長に問いかけた。

「署長、差し出がましいようですが、コード983……『オーロラ堕とし《Aurora fall》』とは？」

「超高々度からの特殊弾頭による爆撃により……この街のあらゆる物を土地の魔術基盤ごと消滅させる作戦名だ」

「……！」

「48時間もの時間があるのは、外部への隠蔽の準備だろう。流石《さすが》に世界規模の大災害として記される事となるが……表向きは、ニュースで言っていたような『小惑星』の一部がそのまま街に落下した……という形にする気だろうな」

　具体的に聞かされた事で、ヴェラの中に衝撃が走る。

　元より、それが成されるかもしれないという警告はあった。

　いざという時の覚悟もしていた。

　だが、具体的にそれが起こるとなると、ヴェラの内心にもこれまでにない緊張が走る。

　思い浮かぶのは、仲間の警官達と、スノーフィールドの風景。そして、裏の事情を何も知らぬまま医者としての日々を闘い続ける姉の姿だった。

　無表情の上に汗を滲《にじ》ませたヴェラに、淡々と署長が言う。

「我々で内部処理が不可能だと判断した場合、ファルデウスの権限で行われる街の消去がコード982……『奈落の繁栄《Abyss rise》』だ。そちらは聖杯と龍脈を暴走させ、マグマ溜《だ》まりの異常活動による噴火に見せかけて街を消去するプログラムだ。『オーロラ堕とし《Aurora fall》』は、外部……つまり我々の上層部が『聖杯戦争の管理が不可能』と判断した場合に為される処置だ。壊滅的な綻びが世界に生まれる前にな」

「作戦の中止は、申請できないのですか？」

「聖杯を強制的に破壊すれば、英霊達の活動はほぼ不可能になる。英霊達の暴走ならそれで処理できる可能性は高いが……」

そこで署長は、表情は平静たろうとしつつも、悔しさを声に滲《にじ》ませながら答えた。

「問題は、英霊以外の不確定要素が現れた事だ」

「フラット・エスカルドスと……アインツベルンのホムンクルス、ですか？」

「どちらも、最初は聖杯戦争のシステムに組み込まれていたものだ。フラット・エスカルドスは不特定多数の魔術師の中から選ばれたマスターであり……アインツベルンのホムンクルスは、小聖杯の器として、フランチェスカがここに呼び寄せたものなのだからな」

だが、今はその二つの存在は全く違うものに成り果てている。

昨日までのファルデウスとフランチェスカの報告によれば、アインツベルンのホムンクルスの中には元の人格とは全く異なる何かが憑依《ひょうい》しているのだという。更に言うならば、その取り憑《つ》いた『何か』（フランチェスカは正体を知っている節があったが）は、下手な英霊よりも強い力を持っているとの事だ。

「通常の聖杯戦争のように、英霊の脱落が続けば……そのエネルギーを、小聖杯であるホムンクルスの内部の『何か』が蓄える事になるというのか？」

第三魔法を再現する事は困難な偽物《にせもの》の大聖杯とは言え、最終的に集約する魔力は願望器としては問題なく叶《かな》う程の総量となるだろう。

——小聖杯は聖杯戦争の終盤に差し掛かると人間ではなく器として移行するというが……今の存在にそれは当てはまるのか？

聖杯の力が自由意志のある存在に集約し、それが街の外に出て自由に活動するとなった場合、それを秘匿するのは非常に困難となるだろう。

街の外に力が向けられた場合の懸念《けねん》は、フラット・エスカルドスだった『何か』がこの上ない形で世界に示した。

魔術についての理解が浅い国家は、文字通り小惑星の破片とスペースデブリの墜落として受け取っているか、どこかの国のミサイルなどの暴発、あるいは意図的な破壊行為と受け取っている事だろう。

だが、時計塔をはじめとした魔術関連の組織や、それと繋《つな》がりのある大国は既に真実を摑《つか》んでいる筈《はず》だ。

あれが、個の力によってもたらされた破壊であると。

聖杯戦争の初手で砂漠に生じたクレーターについてはガス会社を犠牲にする事で秘匿する事

ができたが、流石《さすが》にこれ以上は無理だ。

──聖堂教会の全面協力があれば、また話も変わってくるが……。

署長の脳裏に、眼帯の神父の顔が思い浮かぶ。

過去に高位の吸血種──上級死徒や祖と呼ばれる規格外の怪物達により、それこそ都市の一つが一夜にして地獄と化した事もある。

聖堂教会はその度に人脈と神秘を駆使して隠蔽を行い続けて来た実績があるのだが、スノーフィールドにおける聖杯戦争においては完全に部外者として排除されている状態だ。

あのハンザ・セルバンテスという監督官も過去の冬木《ふゆき》の例に託《かこつ》けて無理矢理首を突っ込んできた形である為《ため》、どこまで協力的であるかは微妙な所である。

──とはいえ、神秘の秘匿を旨《むね》とするのは聖堂教会も同じ、か。

──今さら恥知らずな形ではあるが、共闘を持ちかける価値はあるな。

──もっとも、教会の方針によっては『48時間など悠長な、3時間で爆撃しろ』といった流れになる可能性もあるが……そこは賭けだな。

「ハッ……いいね。その目は諦めてねえって目だ、兄弟。どうやら今しがたの飯を最後の晩餐《ばんさん》にするつもりはないようだな」

どこか嬉《うれ》しそうに言うデュマに、署長は答えた。

「当然だ。ファルデウス達がこちらを切り捨てるというつもりならば、こちらも顔色を窺《うかが》うつもりはない。警察署長としても米国に仕える身としても、市民の安全を最優先に動く」

「いいのか？　結果として他の都市がここから溢《あふ》れ出《で》た怪物どもに蹂躙《じゅうりん》されるかもしれねえんだぜ？　だからこそ上の連中はここを潰そうとしてるんだろうしよ」

「それもさせはしない。そもそも、この街を聖杯ごと破壊した所で、フラット・エスカルドスが変異した『何か』や……認めたくはないが、この土地に向かっているあからさまに危険な台風が霧散するとは思えないのでな」

「全部ひっくるめて最後まで戦い抜くってわけか？　いいね！　それでこそ兄弟だ！　諦めてヤケ酒に走るなんて言ってたら、お前さんの人生そのものを改竄《かいざん》してやってた所だ」

ニヤリと笑いながら、デュマは椅子《いし》から立ち上がる。

「これから二十八人の怪物《クラン・カラティン》の連中も忙しくなんだろ？　だが、一人ずつでも構わねえ、飯を食う時は一度ここに連れてこい。今しがたと同じディナーを全員に振る舞ってやる」

「……何か魔術的な意味がある行為か？」

「いや？　ねえよ。兄弟達が生き残るつもりなら、俺の記憶を焼き付けてやろうってだけだ」

あっさりと言い切るデュマに、署長とヴェラが僅かに戸惑う。

「記憶を？」

「さっき言ったろ？　俺の我《わ》が儘《まま》だってよ。俺の書いた小説はどうも世界に残っちまってて今さら新作ってのもありがたみが薄いだろ？　だったら連中に俺の飯の味を叩《たた》きつけて、今後一生『ああ、あの時にデュマさんに振る舞って貰《もら》った料理が生涯で一番美味《うま》かった。いや、もっと美味なる料理はこの私の手で作ってみせる！　警察官はもう引退だ！　いざ味の頂きへ！』って言わせてえっていうか……まあ、なんだ、俺なりの物的支援って奴《やつ》だ」

冗談めいた調子で言うデュマは、その後も朗々と語り続けた。

「知ってるか？　キジってのはよ、かのイアソン船長率いるアルゴナウタイが、遙《はる》かコルキスの地からギリシャに持ち込む事でヨーロッパ中に広まったもんなんだぜ？　英雄になる景気づけにはもってこいだろ？　もっと語ってやりてえが、時間制限もある事だしな。ほれ、早く行けよ。必要な宝具があるなら、ブイヨンを煮出す最中にまた見繕ってやるさ」

「キャスター」

「なんだよ」

真剣な顔の署長に鼻白むデュマだったが、その署長は、頭を僅かに下げ謝辞を述べる。

「魔術師としても警察官としても、君の不合理な感情に付き合う義理は無いが……。警察署長として、部下への労《ねぎら》いには感謝する」

デュマから見て仏頂面《ぶっちょうづら》であるのは相変わらずだが、その署長の表情にはどこか前向きな色が感じ取れた。

「これから2日は睡眠と食事を取る暇も減るだろうが、倒れられても困るのでな。滋養のあるものを振る舞ってやってくれ」

そう言ってヴェラと共に去って行った署長を見送った後、デュマはクツクツと笑いながら独り言を呟《つぶや》いた。

「やれやれ、今日は英霊同士のぶつかりもなく、多分最後の安息日だったってのに、忙しいこった。ま、2日後に町ごと死ぬかどうかって瀬戸際《せとぎわ》だからな……場合によっちゃ、本当に最後の晩餐《ばんさん》って奴《やつ》になるわけだ」

——実際の所、どこまで食い下がれるもんだろうな。

——俺の手札もあと数枚って所だしよ。

——あとは俺が最初に望んだように『面白くなる現実の物語が見てぇ』ってもんだが……。

——あいつらは、自分を犠牲にして最後まで燃え尽きるつもりなんだろうなあ。

大きく溜息《ためいき》を吐き出し、デュマは自嘲気味に言う。

「ちょいと、純粋に観客をやるには兄弟達に情が湧きすぎたな……俺も焼きが回ったか？」

デュマは皿を片付けた後、ふと、工房の片隅にある本棚に並べられた複数の書物を見た。

それは、この街の書店で手に入れた、かつて自分が書いた三銃士などの英語版書籍だ。

自著だけではなく、かつて同じ時代を共にした者達の書籍も多数並んでいる。

その内の一冊。

絵本の形態で流通している、生前に交友のあった作家が書いた童話を手にしながら呟《つぶや》いた。

「まさか、あいつの本もいまだに世界中のガキに読まれてるとはねえ。『けものあぶらのロウソク』はあいつ結局売りに出さなかったのか？　未熟な頃に書いた作品だから売り物じゃねえとか抜かしてたが、俺はあれが一番好きだったんだがな……」

そんな事を呟《つぶや》きながらページを捲《めく》り、マッチに火を灯《とも》す少女の絵に目を留める。

「マッチの火の中に浮かぶ思い出か。あいつの意図はともかく、端から見りゃ俺達英霊も似たようなもんかも……」

どこか自嘲気味に言いながら更にページを捲《めく》るデュマだったが——

「ん？」

違和感を覚え、そのページを見直した。

開かれたページは、寒空の下でマッチを売る少女を描いた童話のラストシーン。

「……あぁ？」

違和感の正体は即座に判明した。

その結末が、デュマの知る本来の童話とまったく異なっていたのだ。

美しい思い出の中で凍え死ぬ少女というオチが、裕福な富豪の手によって救われ幸せに生き続けるという結末にすげ替えられていたのである。

「オイオイ……待て待て待て待て、マジかマジかマジかマジか」

それはアメリカなど一部の国で出版されている、『悲劇の結末ではなく、ハッピーエンドに改竄《かいざん》したバージョン』の絵本だったのだ。

「お前……こんなよぉ……」

著者名などを再確認しながら暫《しばら》くポカンと見つめた後、デュマはワナワナと手を震わせ――

「……ハハハハ！　なんてこった！　こんなんアリかよ！」

堰《せき》を切ったように笑いだした。

「俺の三銃士でアラミスが女になったりしてんのを見た時もやるじゃねえかとは思ったが、あいつの……あの偏屈白眉《はくび》が書いた傑作の根幹を！　人生そのものを変えちまうのかよ！」

双眸《そうぼう》を輝かせ、その童話集の絵本を天井に高く掲げて叫び続ける。

「いやいや！　俺も色々仕事で脚本の改稿作業だのなんだのやってきたが、あそこまで完成されてる仕事をひっくり返すって発想は流石《さすが》に無かったぜ！　デュシスの旦那みたいにシェイクスピアを翻案したとかじゃねえ！　話のオチだけ狙い撃ちかよ！　俺が同じテーマで書くなら全然違う話になるたぁ思ってたが……最後だけ入れ替えてタイトルと著者名そのままで売るとか、お前！　お前よぉ！　やってくれるぜ現代の出版社！　いや面白ぇ！　あいつがどんな顔するかすっげえ見てえわ！　仏頂面《ぶっちょうづら》のアイツに『でもきっとよ、このハッピーエンドを見て救われて、お前に感謝してる奴《やつ》だってわんさかいるんだぜ？』って言ってやりてえ！」

当の著者本人と仲が良《い》いのか悪いのか判断し難《がた》い事を捲《まく》し立《た》てながら、デュマはケラケラと笑ったが――

ふと、その笑顔をやや穏やかなものへと変化させながら言った。

「ま、そこまで挑発しようが、あいつは……この物語に関してだけは『俺から語る事はない』って言いはるだろうがな。……よりによって変わったオチが富豪に救われる、か。人生は皮肉の連続で、誰も彼もが醜かりし、されども運命《せかい》は美しきかな……って奴《やつ》だ」

生前の日々を思い出しているのか、目に僅かな郷愁を浮かばせつつ絵本を閉じる。

「いやいや、やっぱり本は買って積むだけじゃ良くねえな！」

先刻までのしんみりした空気は何処《どこ》へやら、デュマは召喚された当初と同様の生き生きとした目で呟《つぶや》いた。

「さて、あいつのお陰でやる気も出た事だし、本気で考えるとしようか」

背後で電話のベルが鳴る。

恐らく署長から、晩餐《ばんさん》を食べにやってくる警官隊の人数を知らせる為《ため》の連絡だろう。

その受話器に向かい、料理の仕込みの算段を考えつつも、デュマの頭は新たなるシナリオを練るべく思考を回転させ続けた。

「凍え死んじまう前に、こっちを見ようともしねえ奴《やつ》らをぶん殴る算段をな」

×　　　×

コールズマン特殊矯正センター

「オーランド署長に伝えなくて良いのですか？　上の決定を」

アルドラと呼ばれる秘書の言葉に、ファルデウスは淡々と答えた。

「不要です。元よりこうしたケースでは、オーランド署長とは命令系統が切り放される予定でしたから。問題があるとすれば、フランチェスカさんが余計な真似《まね》をしないか、という事です」

街の焼却が決定づけられたという連絡を受けたファルデウスは、さして焦《あせ》った様子は見せていない。

トラブル続きの聖杯戦争ではあったが、始まる前からこうなる可能性は算段の内に入れていたからだ。

それ故に、フランチェスカが余計な真似《まね》をしないかが国家側の人間としての不安材料となる。

彼女一人ならばともかく、今は彼女のサーヴァントも共にいる状態だ。

工場地区でやらかした幻術の規模を見るに、下手をすれば街の焼却そのものを幻術で回避する可能性はある。

如何《いか》にフランチェスカの幻術と言えども街の全てを包み込む破壊の結果を騙《だま》しきる事はできないかもしれないが、爆撃機のセンサーとパイロットに幻術をかけ、投下地点をずらすぐらいの事はしてもおかしくはなかった。

「当初の予定通りに、幻術を使って大聖杯のシステムだけを持ち出してくれれば良いのですが……彼女はこのトラブルを楽しんでいる節がある。『終わらせるのが惜しい』と思い始めたら何をするか分かりません」

「我々はどう行動しますか？」

「明日中には撤退です。まだ繰丘椿《くるおかつばき》のサーヴァントの呪いの残滓《ざんし》は残っているようですが、今なら通常の礼装で突破は可能でしょう。むしろ、そんな礼装すら持たない一般人が町の外に逃げ出さない事は僥倖《ぎょうこう》です。ハリケーンの襲来に合わせ、スノーフィールドのネットと無線を完全に遮断します。嵐の中でならば上空の様子が観測される心配もありませんしね」

「あのハリケーンも異常存在として認識されていますが……」

「……英霊の力や大聖杯の活性化により呼び寄せられたものならば、町の破壊と共にハリケーンの勢力も弱まると推測されます。どのみち、嵐の中であろうと全て焼き尽くせる計算ですが」

一般市民の犠牲についてなんら感情を向けていないファルデウスは、アルドラに対していくつかの指示を出した後、自らの工房へと足を向けた。

そして、周囲に誰もいない事を確認してから、鏡越しに背後の暗がりへと声をかける。

「聞いていますね、アサシン」

暗がりの闇が色濃くなり、ファルデウスはその影の中に僅かに気配が揺れたのを感じ取った。

「……二つの不確定要素が気になります。フラット・エスカルドスは現在行方不明。もしかしたら既にスノーフィールドを離れている可能性すらありますが……その場合は、我々にできる事はないので彼の所属である時計塔とエルメロイ教室に責任を取って頂きましょう」

──あのロードは、こうした問題の時に使い潰されるのがお役目のようですから。

それはアサシンに言っても意味のない皮肉なので、敢《あ》えて口にしなかった。

ファルデウスにとって重要なのは、この後に出す指示だ。

「……もう一つの懸《け》念《ねん》要素は別です。小聖杯として用意したフィリアの身体《からだ》に宿った何か……恐らくは神霊の残滓《ざんし》か呪いと言った所でしょうが、こちらは土地に根ざし、現在も周囲の魔力環境の改変を進めています。……アサシン、あなたには、彼女達の調査をお願いしたい」

闇からの返答はない。

だが、確実に聞いているという確信を持ちながら、ファルデウスは更に言葉を続ける。

「恐らく最優クラスの気配遮断が可能なあなたでなければ、あのフィリアに取り憑《つ》いた神霊のサーチから逃れる事はできません。彼女は土地そのものを自分に合わせてカスタマイズしています……。万が一土地の改変により力が増大した場合……この町を消滅させるほどの火力を封じ込める可能性すらある」

アルドラには伝えなかった事だが、ファルデウスの分析はここ数日で膨れあがるフィリアの魔力に最大限の懸念《けねん》を示していた。

「こちらに近づきつつある嵐が英霊や土地の影響ならば良いのですが……フィリアが呼び寄せたものだとすると非常に不味《まず》い事になります。大聖杯のシステムから遮断され、あなたを含めた英霊達を構築する魔力が全て小聖杯に流れた場合……この世界に、局地的な『神』が再臨する事になりかねない」

「……」

気配に動きがあった。

こちらの話を聞いているのだと確信したファルデウスは、感情を消し去り、自らを人形と見立てて心と身体《からだ》を俯瞰《ふかん》的に操る。

相手を偽るわけではなく、これから語るのは本音の話だが――サーヴァント相手だからこそ、それを語る時の感情を見せたくはなかった。

「あなたと私が聖杯戦争を勝ち抜いて儀式を終わらせる場合、猶予は残り2日を切っています。

上層部の決定を覆《くつがえ》すには、最低限フィリアの中にいる神霊の残滓《ざんし》を払う必要がある。それでも覆《くつがえ》るかは分かりませんが……」

「取り繕う必要はない、契約者よ」

「！」

闇そのものが声を発したかのような錯覚を覚える。

ファルデウスは己の感情と身体《からだ》を切り放し、汗一つかかぬまま相手の言葉の続きを待った。

「汝《なんじ》の中で、我が霊基を使い潰す時が来たのだろう」

「……ええ、その通りです」

言葉を間違えれば、命が失われるかもしれない。

通常の英霊であればこちらを殺してもおかしくない答えだが、ファルデウスは目の前のアサシンを観察し続けた結果、そうした短絡的な行動は取らないと判断した。

その上で、彼は一歩踏み込んだ言葉を口にする。

「私は……マスターとして、貴方《あなた》に死んでこい《ヽ》と《ヽ》命じようとしています。ですが、自害しろと命じるわけではありません。死ぬ確率の高い命令を出すだけですから、その後は、貴方《あなた》の自由にすると良《い》いでしょう」

「……」

サーヴァントがその言葉に感情を示さなかった。

敵意もなく、害意もなく、諦念を見せる事もない。

マスターの言葉の続きがある事を確信して、揺らぐ影の中にて黙っているかのようだった。

「次の命令の後、貴方《あなた》はここに戻る必要もありません。私は責任者として……貴方《あなた》の言う信念とやらを護《まも》る為《ため》に、運営からは決して降りませんが……」

「私は、聖杯戦争の参加者そのものとしてはリタイアします」

×　　　×

スノーフィールド東部　沼地の屋敷《やしき》

「結局……戻ってこなかったね。シグマくんも、アサシンの子も」

部屋の奥の倚子《いし》に腰掛けながら、古びた柱時計を見るアヤカ。

不安が胸の奥からわき上がり、胸が詰まるような感じに囚《とら》われる。

本来ならば窓を開けて外の空気を吸った方が良《い》いのだろうが、目の前で人が狙撃されてから1日しか経《た》っていない為《ため》、とてもそんな気分にはなれなかった。

そう。

逆に言えば、丸1日もの時間が経過したのだ。

だが、昨日──いや、昨日だけではない。セイバーと出会ってからずっと混沌《こんとん》としていたのが嘘《うそ》のように、気を張り詰めさせつつも穏やかな状況が続いたのである。

セイバーは『今すぐ戦いに出向きたいが、魔力を大分消費しただろうから、アヤカの全快が第一だ』と言いだし、今日1日は屋敷《やしき》の護《まも》りに徹していた。

恐らくは、セイバー本人も金色の英霊から負った傷を回復させる時間が必要なのだろう。

魔術師同士の戦いは夜に行われる事が多いという話をシグマから事前に聞かされていたアヤカは夜通しで警戒を続けていたのだが、結局朝まで誰かが襲撃してくるという事はなかった。

アヤカは日が昇ってから眠りに落ちたのだが、夕方まで寝てしまった事を考えると自分でも想像以上に疲れが溜《た》まっていたのだと実感する。

──生き延びてるって事を、喜んだ方がいいのかな……。

そんな思いを抱きつつ、アヤカは自分の今後について考えた。

正式にマスターになってからというもの、心なしかセイバーとの魔力の繋《つな》がりが増えたような気がする。

時々身体《からだ》の奥底にある心臓とは別の器官が脈打ち、細かく揺らぐような感じがあったが、それは恐らくセイバーではなく、アサシンが宝具とやらを展開しているのだと思われた。

──っていうことは……まだ、あのアサシンの子も生き延びてるって事だよね……。

下手をしたら自分の事を殺していたかもしれない存在だと言うのに、思わず安堵《あんど》の溜息《ためいき》を漏らすアヤカ。

様々な行き違いなどはあったが、今では同盟関係にある事は間違いない。

短い付き合いではあるが、アヤカもまた、アサシンが人を騙《だま》して後ろから斬り付けるような存在とは思えなかった。

──そういえば……。

エルキドゥの居た森で、アサシンと再会した時の事を思い出す。

──セイバーの事を、『恐ろしい存在』だって言ってたけど……。

それがきっかけとなって、1日前のセイバーの言葉が脳裏に蘇《よみがえ》った。

──『座はともかく、俺は天国にはいないよ』

──『俺の魂は、人類が果てるその日まで煉獄《れんごく》で焼かれ続けている筈《はず》だ』

不穏極まりない言葉。

アヤカは煉獄《れんごく》と地獄の違いも良く分かっていなかったが、それでも、何か罰を受けるような厳しい場所なのではないかと理解していた。

少なくとも、セイバーの口ぶりからして楽しい場所ではないだろう。

──セイバーは、自分がそこに行くのは当然みたいな感じで話してたけど……。

──私は、まだ歴史の中のセイバーの事を何も知らないんだよね……。

そう考えたアヤカは、マスターとしても己のサーヴァントについて無知なままでは良くないのではという思考に至った。

この屋敷《やしき》には、書物が山のように置かれている事は確認している。

いっその事、何か西洋の歴史書か百科事典のようなものでも探してみようかと立ち上がり、部屋の中を見回したアヤカだが——

ビクリ、と、その動きを一瞬止める。


彼女の視線の先に、それは佇《たたず》んでいた。

赤い頭巾を纏《まと》った、小柄な人影が。


「あ……」

思わず息を呑《の》む。

前兆らしきものは何度かあったが、エレベーターのないこの家屋に現れたという事は、いよいよもってこの幻覚なのか超常的な呪いなのか分からぬ『現象』は一段階進んだという事なのだろう。

しかし、不思議と今まで程の恐怖は感じなかった。

恐ろしい事は恐ろしく、目を背けたくはあるのだが——セイバーのマスターになったからなのか、それとも、あのビルの中で彼女に囁《ささや》かれた言葉が原因なのだろうか、今では自我が軋《きし》む程の恐怖は感じなくなっていた。

──『……がんばって』

セイバーの元に向かうビルの中。

どうして、あの幻覚は……あんな事を言ったのだろうか。

いや、もしかしたらそれすらも自分の脳が生み出した幻聴だったのではないか？

追い詰められていた自分が、都合のよい言葉を幻覚に言わせたのではなかろうか。

だとすれば、自分はとんだ恥知らずだ。

──私には、そんな事を言われる資格はないのに……。

──だって私は……。

──……。

──……？

「あれ……？」

頭がヤケに重く感じる。

過去を思い出そうとした瞬間に、何かしらモヤがかかったように思考が纏《まと》まらなくなった。

こんな事はこの前まで無かった事だ。

——どうしたんだろう、私……。これもマスターになった影響？

——違う。

——思い出さなきゃいけない。

——何か……大事な事を……。

己の状態について考えようとすればするほどに頭の中の霧が色濃くなっていく。

今までは、あの赤いフードの少女に関する古い記憶は、『恐ろしいから』思い出したくないだけだった。

だが、今、こうして改めて向き合おうとすると上手《うま》く頭が働かなくなる。

まるで、身体《からだ》そのものがその記憶を呼び戻すのを拒んでいるかのようだ。

——これも……あのフィリアとかいう女にかけられた魔術の影響？

自分をこの町に差し向けるべく呪詛《じゅそ》をかけてきた美しい女の事を思いだしつつ、アヤカは全身に冷や汗を滲《にじ》ませた。

このままでは思考すらままならず、ほんの数秒前の記憶も、あるいは自分自身すら失ってしまうのではないかという不安に囚《とら》われたのだが——

「大丈夫か？　アヤカ」

「！」

セイバーに声をかけられ、全身に現実感が戻ってくる。

「う、うん。大丈夫……」

「前々から気になってたが……何か問題を抱えてるんなら言ってくれ。いや、まあ、こんな状況になってる事自体が一番の問題か……」

そんな事を言ってくるセイバーに、アヤカは『大丈夫だよ、いつもの事だから』と返そうとしたのだが——

「大丈夫だよ、いつもの……」

「本当に、それでいいのか？」

「……」

「いつもの事……君がそんな表情をする悩みを常に内包しているなら、尚更《なおさら》心配だ。確かに踏み込むべき事ではないのかもしれない。だけど、少しでもアヤカの助けになるならそれを補助するのがサーヴァントの役目だと思ってる」

「セイバー……」

「何も君の為《ため》だけじゃない。利己的な話になるが、戦争を勝ち抜く為《ため》の内政のようなものだ。俺は生前、その事で色々とやらかしててな……。主に弟に随分と迷惑をかけた。だからこそ、この二度目の生でまで同じ轍《てつ》を踏みたくはない」

いつになく真剣な調子のセイバーに、アヤカは思わず目を瞬《またた》かせた。

——そうか。

——私はマスターって奴《やつ》になったんだから……もう、私だけの問題じゃないんだ。

——関係ないじゃ済まされないんだよね、もう。

アヤカは迷いつつ、自分の悩んでいる事について言葉を漏らす。

「……あんたはまた、細かい事を気にしすぎだって言うかもしれないけど」

「君の問題を軽んじる事はしない……と約束はできない。言うかもしれない！　なんせそこはほら、俺だからとしか言い様がないな！　すまない！」

「正直過ぎない？」

「だが、待ってくれ。逆に考えてみて欲しい！　細かい事と断じる以上はちょちょいのちょいと解決できる自信があるという事だ！　相談して損は無いと思うぞ？」

胸を張って言うセイバーに、アヤカは暫《しば》し考え——

「まったく。あんたの前向きさ、本当に羨ましくなるよ」

苦笑した後、ついに己の内面を曝《さら》け出《だ》した。

「実は……私には、時々幻覚が見えてたんだ。ずっとその幻覚から逃げてきた」

「ああ、そんな感じは確かにあったな」

「でも、時々だった筈《はず》のそれが、今はずっと見えてる。赤いフードを被《かぶ》った女の子が……」

数分後。

一通り事情を説明し終えた所で、セイバーはふむ、と顎を摩《さす》りながら言った。

「君の言う事は疑うわけじゃないが、正確な所を教えて欲しい。その少女の幻覚は、こうして話してる今も見えているのか？」

「……まあね。話してる間に消えるかと思ったけど、そんな事もなかった」

アヤカはチラリと部屋の隅に視線を向ける。

すると、そこには赤いフードの少女が俯《うつむ》いた姿勢のまま立ち続けているのが見えた。

やはり、この町に来てから徐々にあの幻覚は存在感を増してきている。

いよいよ自分の頭がどうにかなってしまう前兆なのではと思いながら、セイバーの反応を恐る恐る窺った。

するとセイバーは、アヤカに真剣な表情で尋ねる。

「どのあたりだ？」

「ん……そこの、一番左の本棚の前」

「このあたりか？」

セイバーがアヤカの示した場所に移動し、そっと手を撫《な》でる。

彼の手が赤いフードの少女と重なるが、当然ながら素通りし、セイバーも少女も表情を変える様子は無かった。

「今、セイバーの手がその子の頭を通り過ぎた」

「ここが頭か。背が低い、本当に子供なんだな……」

「まあ、そうだね」

「……ユエさん、何か……と……か？」

アヤカの耳に聞こえない程度の小声で、誰かとブツブツと話し始めるセイバー。

恐らくは彼が『供回り』と呼んでいる仲間の事だろう。

「なるほど。そうか、ありがとう」

セイバーは虚空《こくう》に礼を言った後、その場に立ったままアヤカへと向き治る。

「魔術に長《た》けた仲間に聞いたが、神秘や残留思念関連の気配はここには無いようだ」

「つまり……やっぱり私の頭がどうかしてて、それで幻覚を見てるって事？」

「そうかもしれないし、そうとも限らない。俺が立っているこの場所じゃなく、君の内面に何か魔術や呪詛《じゆそ》の類が掛けられていたり、霊的なものが取り憑《つ》いている可能性もあるからな」

「幽霊……。まあ、セイバーも幽霊みたいなもんだしね……」

一部の魔術師達が聞いたら『残留思念《ゴースト》と境界記録帯《ライナー》を一緒にするな！』と大声で否定されそうな事を口にした後、アヤカは自嘲気味に笑いながら視線を天井に向けた。

「結局、お祓《はら》いに行くか、精神科に診《み》て貰《もら》うしかないか……」

――……祓《はら》う？

――それでいいの？

――あの赤いフードの子が……何をしたっていうんだろう。

――私が一方的に怖がってるだけなのに。罪悪感を覚えているだけなのに。

――だってあの子は……。

――ああ……思い出せない。

再び頭に霧が広がるの感じ、アヤカは記憶を遡る事を諦め、冗談めいた言葉で独りごちる。

「いっその事、幻覚だろうと幽霊だろうと、話し合いでなんとかできれば……」

セイバーが側にいてくれるのならば、勇気を出して少女に近付く事ができるのではないか。

そう思ったアヤカが視線を戻すと、何やらセイバーが妙な事をしていた。

「って……セイバー？」

彼は周囲にいくつものカラフルな水の玉を魔術で浮かべており、アヤカが示した赤いフードの少女がいる箇所の周りを幻想的に、それでいてどこかポップな調子に飾り付けている。

水に入り込んだ光が七色の光となって周囲を照らし、セイバーはどこからか取り出した古めかしい弦楽器で陽気な音楽を奏《かな》で始めた。

それは、数日前にライブハウスの中でセイバーが見ていた映画のメインテーマである。

一度聞いただけにも関わらず、弦楽器風にアレンジしながら熟達しているとしか思えぬ演奏をこなすセイバーにアヤカは一瞬感動すら覚えた。

が、あまりに脈絡のない状況だという事を思いだし、感動は即座に霧散する。

突然部屋の中がゴキゲンな音楽PVの様相へと変化した事に呆然《ぼうぜん》とし、アヤカはポカンと呆《ほう》けた顔をしながら問《と》い質《ただ》した。

「……なに、してるの？」

するとセイバーは、朗らかな笑顔で、しかしながら至って真剣だという調子で音楽を演奏したまま力強く頷《うなず》く。

「いや、君にしか見えない赤ずきんの子が怖いというなら、その女の子の周囲をこうやって飾り付けて、その子を面白く、可愛《かわい》く、そして親しみやすくすれば、アヤカの気が楽になって色々と解決するんじゃないかと思ってね！」

自信満々に言うセイバーに、アヤカは呆《あき》れながら口を開いた。

「私の為《ため》に動いてくれるのは嬉《うれ》しいけれど……それでもハッキリ言っていい？」

「いいとも！　何を言われるか大体想像はついているが、ドンと来いだ！」

「馬鹿じゃないの!?　いや、ありがたいんだけど、でもごめん！　そんなこと思いついても試す!?　普通！」

——そういえば、そうだった。

——ここ数日色々と凄《すご》いところを見てたから忘れてたけど……。

──セイバーは、パトカーの上に乗って町の人達の前で演説するような奴《やつ》だった……。

「ハハハ、このリチャード、プランタジネット朝の一員として……そして獅子心王《ししんおう》と呼ばれた身として何かに挑む事を怖《おそ》れはしない！」

「少しは怖《おそ》れて！　頼むから！」

大声を出しきった後、アヤカは疲れたように頭を抱え──

いつの間にか、頭に掛かっていた霧が完全に晴れている事に気付く。

「……」

いつの間にか赤いフードの少女は見当たらなくなっており、『まさか恥ずかしくなって消えたわけじゃないよね？』という疑問を抱きつつも、とりあえず安堵《あんど》した。

──いや、安堵《あんど》してちゃ駄目だ。

──次に見えた時は……ちゃんと向き合おう。

──私一人じゃ、まだ辛《つら》いけど……。

アヤカはセイバーに顔を向けた。

自分でも何故《なぜ》か分からないが、自然と微笑《ほほえ》みが零《こぼ》れてくる。

「どうした？　俺の音楽に合わせてその赤いフードの子が踊り出したりしてくれたか？」

「だったら良かったけどね」

寄ってきたセイバーに対し、アヤカは苦笑しながらトン、と相手の胸を拳でついた。

「まあ、その……ありがと。元気出たよ」

「そうか、それは良かった」

自信に満ち、それでいながらどこか子供っぽい笑みを浮かべるセイバーを見て、アヤカは己の心の決意を固める。

——戦おう。

今後繰り広げられるであろう激しい混戦を前に、アヤカはそっと想《おも》う。

マスターとしての流儀は分からぬまでも、ただ、自分はこの変わり者の相棒の隣を、人として最後まで駆け抜けようと。


知らぬが故に、彼女は一時の安息に身を委ねる。

知らぬが故に、彼女は僅かな幸福さえ感じていた。

あと2日でこの町が世界から消えると知らぬが故に。

自分の身に隠された秘密を、何を忘れているのかを知らぬが故に。


アヤカ・サジョウはこの瞬間——

スノーフィールド聖杯戦争参加者の誰よりも誰よりも人間らしく笑っていた。

幕間
『戦士の休息、暗殺者の疾走』

4日目　夜　スノーフィールド　ライブハウス

　スノーフィールドに夜の帳《とばり》が降りる。

　魔術師達が蠢《うごめ》く時間だ。

　それを機に何かを仕掛ける陣営があるかと警戒していたシグマだが、ウォッチャー達の報告によると、あまりにも穏やかに事が進んでいた。

「あと、41時間か……」

　午後11時半に近付こうかという部屋の時計の針を見て、自らの腕時計の時刻を改めて確認するシグマ。

　丸1日近く地下にあるライブハウスに潜んでいたシグマ。

　水や食糧の調達を兼ねて数時間前に一度だけ外に出たが、その時はウォッチャーの影法師達の指示によりファルデウス達に気付かれる事なくやり過ごせた。

だからといって、シグマは迂闊《うかつ》に動き回ろうとしない。

ウォッチャーからの情報を聞き出すのを超える速度で状況が動く事も十分にありえるのだ。

故に、当初は持久戦の構えをとるつもりだったのだが、そうも行かなくなった。

影法師達の情報から、2日後の夕方にこの町が爆撃されるという情報を摑《つか》んでしまったからである。

目的さえ無ければ逃げるのが一番良《い》いのだが、今のシグマには明確な目的がある。

それを遂げる為《ため》に、情報を得てから半日──明日の夜明けまでを情報収集と下準備の時間に充《あ》てる事にしたのだ。

「これはウォッチャーの意志や提案じゃねえ。単に、影法師として組み上げられた疑似人格として興味を持ったから尋ねるんだが」

老船長の姿をした影法師が、思案を続けるシグマに問う。

「なぜ、とっとと逃げない？　お前の望みである聖杯戦争の破壊は爆撃機がやってくれる。あとは、繰丘椿《くるおかつばき》の主治医に暗示をかけて、椿《つばき》とその医者を救急車にでも乗せて町を脱出すればいい。ペイルライダーの呪詛《じゅそ》も今は呪いの残滓《ざんし》程度に薄まってる。お前さん程度の魔力でもなんとか突破はできるだろうよ」

そこで船長の姿が飛行士服姿の女性に変わり、シグマに告げる。

「もっとも、爆撃されて大聖杯が壊れるか……その前にプレラーティが大聖杯を幻術で隠し切れば、ウォッチャーもこの空を去る事になるから、その後で特殊部隊に狙われたりしたら自力で乗り切ってもらう事になるけれど」

するとシグマは、目を鋭く細めながら、自分がその方針を採らない理由を口にした。

「繰丘椿《くるおかつばき》の生命レベルが下がっていると言ったのは、貴方達《あなた》だろう」

彼の言葉に対し、蛇杖の少年に変化した影法師が悔しさと悲しさに満ちた声で言葉を紡《つむ》ぐ。

「……否定はしないよ。忸怩《じくじ》たる想《おも》いだ。僕が影法師なんかじゃなく、英霊として顕現していたら……決して彼女を死に向かわせるような真似《まね》はしない。なんとしても、どんな手を使ってでも治療する事だろうね。今の僕とは全く違う人格だろうけれど、そこだけは変わらない筈《はず》だ」

「……今のお前から、その治療法を聞く事はできないのか？」

「影法師のルールに抵触する。この町の空からウォッチャーが観測したものは全て伝えられるけれど、僕達の生前の知識を過度に伝える事は難しい。もっとも、それができたとしても、彼女を治療するには僕の技術や魔力が必要になる。君に医術を仕込むには時間が足りない」

「そうか……」

だとするならば、やはり爆撃を止めるべきだろう。

シグマはその可能性についてもこの数時間で散々考えた。

爆撃までに聖杯戦争の決着がつけば、上層部も無駄な犠牲を払わないのだろうか？

答えは否だ。

ウォッチャーから得られた情報から考えるに、問題は英霊達ではない。

英霊ではないにも関わらず、英霊か、あるいはそれ以上の力を持った二人だ。

ランサーに対して遥《はる》か上空で『ティア・エスカルドス』と名乗った少年。

そして、現在町の西部の森林地帯を文字通り『改造』している女――フィリアというホムンクルスの身体《からだ》に取り憑《つ》いたイシュタルという神霊らしき存在だ。

その二人に関しては、聖杯戦争に決着がついた後に消え去るわけではない。

ならば、上層部としては町に固執している間に纏《まと》めて消し去るしかないだろう。

だが――

「……消し去れるのか？　貴方《あなた》達の話を聞く限りじゃ、核ミサイルの直撃でも耐え抜きそうなものだが」

シグマの問いに、鳥の羽を身につけた青年が答えた。

「どうかな。イシュタルはあの場を神殿にすると決めたからには逃げる事はしないだろうしね。ティア・エスカルドスは自由の身ではあるけれど……彼は、ランサーとの戦いの後、この町から姿を消している。ランサーとの決着そのものはつかなかったようだが、動けなくなるほどの深手を負ったわけでもなさそうだ」

「……まだ、戻ってきていないのか？」

既にシグマも聞いていた情報だが、改めて確認をする。

ライブハウス内のテレビのニュースなどを見る限り、世界では昨日の隕石《いんせき》騒動で大混乱が起きているが、その後に何か追加で魔術絡《がら》みの事件が起こった様子はない。

無論、何か起きても隠蔽されている可能性が大きいが、それはそれで十分に魔術の秘匿を行使できている程度の事件しか起こっていないという事だ。

「正直な話、戻ってくる理由がないんじゃないか？」

シグマの問いに、老船長姿になった影法師が答える。

「だとしても、この町を吹き飛ばそうとしてる連中にそれを証明する術がないぞ、小僧。まあ、余所《よそ》での活動が確認されれば話は別だが……どちらにしろ、西の森があんなことになっちまってる以上はどうしようもない。魔術的にも物理的にも地形が変わりつつあるんだからな」

「……」

「こいつも試練の一つだぞ、小僧。ああ、イシュタルとティアを打倒できるかどうかってのとはまた別の話だ」

無言のままのマスターに、老船長が続けた。

「小僧は、俺達の力を使って知っちまった。この町が滅びの境目に立っちまってるって事をな。騒ぎ立てた所で信じちゃくれねえだろうし、信じた所で魔術師じゃねえ人間が呪いの残滓《ざんし》から逃れるのは無理だ」

「……だろうな」

影法師は少年騎士の姿になり、シグマを試すように言葉を並べる。

「逆に言うと、お前だけは逃げられる状況という事だ。繰丘椿《くるおかつばき》や町の住人ではなく、自分の命を選べばいいだけの話だ。誰も責めないだろう。お前が一人立ち向かうには高過ぎる壁だ。だから——」

「逃げないさ」

「なに？」

「俺は……戦う事を選ぶ」

そう答えたシグマの目は穏やかな夜のように静かで、それでいて瞳の奥には並々ならぬ決意が滲《にじ》み出《で》ていた。

彼の脳裏に浮かぶのは、数時間前に外出した際、復旧しつつある監視網の隙間を潜《くぐ》り抜《ぬ》けながら接触した、名も無きアサシンと交わした言葉だった。

×　×

数時間前　スノーフィールド某所　路地裏

「……この街が……破壊される？」

「ああ、俺の掴《つか》んだ情報が確かなら、上の連中はこの街の住民ごと焼き払うつもりだ」

「愚かな……事を……」

黒いフードの奥で顔を歪《ゆが》ませながら、拳を強く握る名も無きアサシン。

シグマは情報源であるウォッチャーの事は伏せつつ、自分が得た情報を語り続けた。

己の能力について隠す後ろめたさはあったが、それは余計な情報は信頼する仲間にも伝えないという魔術使いの傭兵《ようへい》として染《し》みついた習性ゆえか、それとも『自分の英霊はチャップリンだ』と嘘《うそ》を吐いていた事への後ろめたさなのか、それはシグマにも分からない。

「どうすればその暴虐を阻止できる……⁉　命じた者達を全て――」

「始末した所で、恐らくは停《と》まらないだろう。時代にもよるけれど、進軍命令が下った後に将軍が死んでも兵士は次の命令が来るまで動き続ける。それに……将軍が先頭に立って指揮を執るタイプの戦争ならともかく、今は命令系統が分散し過ぎているからな。２日以内に実行するパイロットやその予備の人員まで含めてその全てを探し出して始末するのは現実的じゃないあるいはウォッチャーでも観測しきれていないファルデウスのサーヴァントであれば可能かもしれないが、こちらから接触する手段がなかった。

――それに……ファルデウスの言葉からでしか判断できないが、もしもそのアサシンがハサン・サッバーハだとするなら、恐らくは同じ暗殺教団の同門であろう彼女に対してどう影響を与えるか分からない。

「そもそも、命令を出した指揮官達の所在も、その爆撃機が飛び立つ軍事基地の場所すら分からない状態だ」

「ならば、どうするつもりだ？」

「俺は……たとえこの街が破壊されようと、繰丘椿《くるおかつばき》を救う手を探す。だが、まずは君が言ったように破壊そのものを止める手立てを探すつもりだ。可能なら、それが一番いい」

椿《つばき》を救う。

その言葉を耳にした瞬間、アサシンの目に僅かな安堵《あんど》の色が浮かんだ。

「そうか……手立てが見つかったなら知らせてくれ。協力は惜しまない」

元々聖杯を求めていた身ではないからか、街を救うという目的に異を唱えないどころか、それが最良の選択だとばかりに頷《うなず》くアサシンを見て、シグマは思う。

やはりこのアサシンは、暗殺者でありながらよほど善良な存在なのだろうと。

実際に暗殺という手段を用いた者を善良と呼ぶべきかどうかは話は別だが、シグマにとっての比較対象は自分自身なので、自然とアサシンを『自分よりも善良な存在』として見てしまう。

己に無い規範を持つアサシンに敬意すら覚えるシグマ。

だが、彼は気付いていなかった。

己がそんな感情を抱くこと自体が、この戦争に参加する前までの自分ではあり得なかったという事を。

無自覚に変化を続けるシグマに対し、アサシンは告げる。

「それまでの間、私はあの魔物を追う」

「あの吸血種か？」

「アレは、始末せねばならない魔物だ。仮にこの街が焼き払われたとしても、奴《やつ》は魔物としての外法《げほう》を用いて逃れようとするだろう。アレは人の御業《みわざ》を否定する者達だ。如何《いか》に凶悪な力であろうと、人が生み出した力ならば無効化する可能性はある」

「もう、街を出ているんじゃないか？」

当然といえば当然の疑問に対し、アサシンは首を横に振った。

「いや……奴《やつ》はまだこの近辺にいる。宝具を用いて観測しなければ分からなかったが……確かに、まだ奴《やつ》との繋《つな》がりそのものは、この身の穢《けが》れとして残されているようだ」

アサシンは忌々《いまいま》しげに自分の両手を見つめた後――現在魔力の供給を代替してくれている同盟相手の事を考え、シグマに言う。

「アヤカ・サジョウには、この街から逃げるように伝えてくれ。彼女まで私の穢《けが》れ祓《ばら》いに巻き込みたくはない。残された魔力で、なんとかするつもりだ」

「分かった。明日接触をするつもりだが、そこで必ず伝えよう」

「それと……感謝している、とも」

　──セイバーは聖杯戦争に乗り気になったという話だが……。

　──あの二人の性格からして、街の破壊を良しとはしないだろう。

「あいつは死徒と呼ばれる吸血種の中でもかなり階位が高い奴《やつ》かもしれない。一人で大丈夫なのか？」

「だからこそ、弱体化している今が好機だ。お前は自らの成すべき事に傾注すべきだ」

　アサシンはそこで一度目を伏せた後、顔をあげてシグマを真《ま》っ直《す》ぐに見つめながら告げた。

「お前は……シグマは、少女を救うと決めたのだろう。ならば、それはお前の信仰だ」

　ハッキリとシグマの名を口にしながら、アサシンは続ける。

「魔物の邪気によりこの身を穢《けが》された上に、元から未熟である私には、お前を導く事などできないが……お前は、信じるに足るものを見つけられたのだな」

　彼女は次の言葉を最後に、路地裏から去って行った。

　ただ、その時の彼女の顔が、シグマの脳裏に焼き付けられる事となる。

　最後に彼女がシグマに向けた顔には──

　これまでに彼女が見せた事のない、心の底から嬉《うれ》しそうな、一人の人間としての微笑《ほほえ》みが浮かんでいた。

「……それが善良なる祈りであった事を、私は嬉《うれ》しく思う」

×　　×

現在　ライブハウス地下

「見捨てるか、戦うか」

シグマは淡々とした調子で、影法師からの問いに答えを返す。

「それを選ぶ事そのものが試練だと言うのなら、それは俺にとっては一番楽な試練だ。俺は自分の命にさして価値を見出《みいだ》していない。なら、ただ選ぶだけだ。その結果を実行できるかどうかこそが、俺にとっては余程重要な試練だ」

「そうか、お前は玉砕の道を選ぶわけだな」

「砕けるつもりはない。俺自身の価値はともかく、別に自殺したいわけでも、無駄死にしたいわけでもないんだ」

少年騎士の姿をして肩を竦《すく》める影法師に、シグマは凜《りん》とした表情で宣言した。

すると、影法師は蛇杖の少年へと変化し、どこか寂しげな微笑《ほほえ》みを浮かべる。

「残滓《ざんし》とはいえ、イシュタルという神に逆らい、理不尽な破壊に立ち向かい、人間の創り出した世界のシステムや、暴風と雷鳴の権化《ごんげ》と化した災厄の獣とも戦い……最後には少女の死の運命さえ覆《くつがえ》そうというのかい？」

「覆《くつがえ》せるかどうかは問題じゃない。……俺が、そうするべきだと思っただけだ。このまま全てを捨てて逃げたら……なんとなくだが、もう、俺は普通に眠る事さえできなくなるんじゃないかという気がする。それは、俺にとって死ぬより辛《つら》い苦痛だ」

「なるほどね」

シグマの言葉を聞き、影法師は納得したように頷《うなず》いた。

「もしも君がその『壁』を打ち壊す事ができたのなら……それは、僕達にはできなかった事だ。応援するよ。その時こそ、僕達は文字通り輝ける道に照らされる形で、君の人生からは切り放される事になる」

「？　何を言ってるんだ？」

「え？」

不思議そうに首を傾《かし》げるシグマに、影法師もまた首を傾《かし》げる。

「これは、貴方《あなた》達との共同作戦だ。俺が壁とやらを乗り越える時は貴方《あなた》達も一緒だろうし……影法師が切り放されるなんて、道理に合わない」

「……それって、君なりのジョークのつもりかい？」

「何かおかしな事を言ったか？」

相変わらず無表情なままのシグマに、老船長に戻った影法師が言った。

「小僧……そもそも俺達はウォッチャーの影法師であって、小僧の影法師じゃねえって事を忘れてないか……？」

それを聞いたシグマはハッとして、暫《しばら》く気まずそうに目を逸《そ》らした後——

「すまない、素で忘れていたよ」

彼にしては珍しく、苦笑を浮かべながら素直な気持ちを口にする。

「どうも俺は……口うるさい貴方《あなた》達の事が、意外と気に入っているらしい」

二十三章
『五日目朝　神代と現代――
黎《れい》明《めい》――』

スノーフィールド西部　森林地帯中央

未曾有の巨大台風が迫り、いよいよもって風が強く吹き始めたスノーフィールド。
だが、そこまで台風が接近しているにも関わらず、東から昇る日光が森を照らしていた。
異常なまでに雲が台風の中心近くに密集している為《ため》なのだろうか、風量に反してまだこの森の直上までは雲が到達していない。
暖かな日光と吹きすさぶ風に包まれた森の中央で、神気に満ちた声が響き渡る。

「ハルリ。あなたをここの祭祀長《さいし》に任命するから、よろしくね！」

「……？」

――今、なんて……？

ハルリは滑らかに切り出された石床の上に立ちながら、ただただ困惑して返す言葉を詰まらせていた。

遠くから風の音は聞こえるが、ハルリの身には風も日光も届いていない。

彼女の周囲に広がるのは、白磁色の壁とそれを飾り付ける黄金色の輝きだ。

更には祭壇や倚子《いし》などにラピスラズリと思《おぼ》しき瑠璃色の石がふんだんに使われており、一見すると高級美術館の展示ホールのような印象すら感じられる。

だが、ここは確かに森の中心である事をハルリは知っている。

ほんの2日前までは、木々が深く生い茂っていた場所だ。

それが、イシュタルがハルリのサーヴァントであるバーサーカーへと様々な指示を出した結果、わずか1日半でこの空間を造り上げてしまったのである。

その工程速度も意味が解《わか》らなかったが、混乱しているうちにイシュタルから呼び出されたハルリが聞かされたのが先の一言だ。

これで困惑しない人間がいるとしたら、それは余程こういった常識外れの理不尽に慣れきった人間であろう。

そんなハルリの心を置き去りにしたまま、神の残滓《ざんし》たるイシュタルは止まる事なく先へ先へと己の心を走らせた。

「驚いて言葉もでないみたいね！　まあ、栄誉ある祭祀《さいし》長に任命されて喜ぶのは分かるけど、この前フワワにやられたどこかの馬鹿みたいに慢心しちゃ駄目よ？」

「あ、あの！　そのような大層なお役目、私には……」

「謙遜は一回までは許すわ。二回目からは私の目を疑ってると断じるから気を付けなさい？」

笑顔のままピシャリと言い切るイシュタル。

それを聞いたハルリは、凍り付いたように口を閉ざした。

脅しではなく、ただの事実を告げているだけなのだと理解したからだ。

今の言葉は、イシュタルにとっては『首を切り落として遊んだら死ぬわよ？』と同じ程度の意味合いしか持ち合わせて居ないのだろう。

それでいながら、この神はまさに奔放に、己の感情の赴くままに行動する。

神の傲慢さと厳格さ、そして自然神としてありのままに生きる姿を全て内包している姿なのだとハルリは受け止めていた。

何も言えずに震えるハルリを見て、イシュタルが苦笑しながら言う。

「あのね、私だってなんの考えも無しにあなたを祭祀長《さいし》に任命したわけじゃないのよ？」

「というと、何か深いお考えが……」

「ええ！　昔私を信仰してたウルクの歴史の中でも指折りの祭祀長《さいし》がね、あなたと少しだけ名前が似てたの。苦労してまであの偏屈な金ピカの治世なんかを支えてたのだけは解《げ》せないけど、信仰心も厚くていい子だったわ！　だから、同じ音で名前が終わるハルリなら間違いはない

「……そうでしょう？」

最後の『そうでしょう？』という言葉の裏に、ハルリは『まさか私の期待を裏切らないわよね？』というイシュタルの幻聴を重ねてしまう。

実際、イシュタルはそんな事は欠片《かけら》も思っていないだろう。

本当に彼女は、素で『自分が勘で選んだ人選に間違いはない』と考えているのだ。

だからこそ、それを裏切った瞬間に自分はイシュタルの敵となるだろう。

――……まあ、でも……。

聖杯戦争参加者である彼女の心に、様々な思い出が飛来する。

バズディロット・コーデリオンと相対した時や、バーサーカー召喚時に命を失いかけた事。

その中で彼女の目に焼き付いていたのは、己の血の色でも、食肉工場を覆う炎の色でもない。

どんな状況だろうと己を貫き、輝き続けていたイシュタルの姿だった。

――ここまで来たからには、私も覚悟を決めよう。

――たとえ人類の敵になるとしても、私は……。

――この世界をひっくり返す為《ため》の代償なら……私の命なんて……。

ハルリは戸惑いつつも、命の恩人でもある神霊に対し、感謝と畏怖の入り交じった複雑な想《おも》いで言葉を返した。

「……謹んでお受けします。この身はイシュタル様に救われた身。如何様《いかよう》にして頂いても構いません」

「えっ？　いいの？」

「えっ？」

「好きなようにしちゃって、本当にいいの？」

意外そうに言うイシュタルに再び困惑するハルリ。

そんな彼女を見て、イシュタルはわずかに声のトーンを落とした。

「……あなたには、一度忠告したわよね？」

「！」

「自己犠牲は構わないけれど、どうせなら楽しそうにやりなさいって」

イシュタルはそう言うと、そっとハルリの肩を掴《つか》む。

「――――」

忠告を忘れていた。

殺されるかもしれない。このまま身体《からだ》を折り砕かれるのではなかろうか。

そんな恐怖を覚えたハルリだが――

美の女神は、怯《おび》える彼女の肩を引き寄せ、そのまま震える身体《からだ》をそっと抱きしめた。

イシュタルの腕は優しく、そして温かく、ハルリをその心ごと包み込む。

神気を纏《まと》った濃密な魔力がハルリに覆《おお》い被《かぶ》さるが――それは、これまでのように圧倒的な色濃さでこちらの存在そのものを蝕《むしば》むかのような魔力ではなかった。

幼い子供の頃、今は既にいない母に抱き寄せられたような不思議な安堵《あんど》感の中から、イシュタルの魔力がハルリの全身へと入り込んでくる。

「え……？」

自分の魔術回路の中を何かが通り抜け、別の色に塗り替えられていくような感覚。

ハルリはそれでも決して不快だとは思わず、寧《むし》ろ、大いなる何かに、あるいは世界そのものに自分の存在を生まれて初めて認められたかのような錯覚を覚え、気付けばボロボロと涙を零《こぼ》していた。

「あ……ああ……私、私は……」

己の頭の中にこんなにも水が溜《た》め込まれていたのかという程に涙を零《こぼ》すハルリは、いまこそ世界の真理を知った、この世界に自分が生まれて来た意味に気が付いたとでもいうかのような感動を覚え、ただただイシュタルの腕と魔力に身を委ねた。

動きと感情を止めたハルリに、イシュタルは何事でもないとばかりに穏やかな声色で言う。

「あの忠告は、私に対して自分を生贄《いけにえ》にする時だって同じことよ。怯《おび》えて、ヤケっぱちになって、自分で価値を捨てたつまらない命なんて、私は要らない」

「イ、イシュタル、様……」

「今もまだ、私のことが恐《こわ》いと思ってる？」

──一度は、吹っ切れた筈《はず》なのに……。

工場地区でバズディロットと相対した際に命を一度捨てた事を思い出す。

だが、その覚悟すらも嘲笑《あざわら》うかのような圧倒的な力が、自分の身体《からだ》を抱きしめていた。

──こんなにも……私は、弱い……。

「……は、はい」

思わず正直な思いを口にしたつもりだったが、この時点で、ハルリは既に恐怖とは別の感情に満たされ始めている。

「恐ろしい……です。逃げ出せるものなら、逃げ出してしまい、たい、ぐらいに」

呼吸が引きつり、言葉が巧《うま》く喋《しゃべ》れなくなっているハルリだが、イシュタルはそんな彼女を安《あん》堵《ど》させるように微笑《ほほえ》み、耳元で囁《ささや》いた。

「いいのよ、それはハルリが失う事を怖《おそ》れている証拠。あなたがまだ生きたがってる何よりの証《あかし》。確かに私はあなたを殺す時はなんの躊躇《ためら》いもなく殺すと思うわ。だけど……他の誰が否定しても、私はあなたの生きた人生を祝福します」

「……私、なんかを……?」

「あなたがここに立っている理由はなに？　ただ、私に怯《おび》える為《ため》にここに来たわけじゃないでしょう?」

「私、は……」

侵食してくる神々《こうごう》しい魔力に、脳味噌《のうみそ》が溶かされるような錯覚を覚える。

その神気の輝きに押し出されるように、心の奥底から、自分が目を背けようとしていた感情が溢《あふ》れ始めた。

同時に、彼女の中に記憶が溢《あふ》れる。

魔術師達に両親を殺された時の記憶が。

理不尽な破壊と悲鳴が、それまでの幸せの全てを撃ち砕いた光景が。

「あぁ……あぁあああぁぁぁぁ」

脳味噌《のうみそ》から流れ出す記憶が、自分という存在を浮き上がらせる。

「私は、私はただ、復讐《ふくしゅう》がしたかった……」

「そう、それがあなたを育てた土よ。私が与えた恵みじゃない、あなただけのもの」

「世界のありかたなんてどうでもいい……神秘なんてあってもなくても構わない……！　ただ、ただ、同じことを味わわせてやりたかった！　失われたものがもう戻らないっていう当たり前の事を！　私にとって家族がもう戻らないように……神秘なんてものが失われて、二度と戻らない気分を……思い知らせてやるって……」

そう言いながら、ハルリは自分の感情から急速に『熱』が失われていくのを感じていた。

これほどまでの力の奔流、神そのものの力を前にしながら、自分一人の感情で動く自分がどうしようもない存在に思えてしまったのである。

復讐《ふくしゅう》に捧《ささ》げた自分の人生をこれまで軽んじた事はない。

だが、イシュタルの魔力が流れ込んできた瞬間――今まで自分が生きてきた世界が狭い水槽の中に過ぎず、水槽を内包していた家を飛び越して大海を、星々の海すらをも見せつけられたような気分に陥った。

「やはり……わっ……私には、無理、です」

二度目の謙遜は死を意味する。

それは理解していたが、これは謙遜ではなく、心の底からそう思っている事だ。

――ああ、そうだ、目の前の女神は見る目がないのだ。

――自分の存在が眩《まぶ》しすぎるものだから、私の姿など見えていないに違いない。

「貴女《あなた》、は、輝き、そのもの」

声帯が引きつり、途切れ途切れとなる声で、ハルリはそう呟《つぶや》いた。

「私の、ような……矮小《わいしょう》なっ……矮小《わいしょう》な人間がっ……側に居ては、いけない！」

最後には自分自身を憎むように叫び抜いたハルリに、イシュタルはその叫びを無かった事にするかのように、穏やかで、それでいて力ある声で相手の心を上書きする。

「矮小《わいしょう》なんかじゃないわ。私が保証してあげる」

イシュタルはそこで一度目を瞑《つぶ》り、一瞬だけ己の過去に目を向け、その激情を瞼《まぶた》の裏に封じ込めたまま言った。

「復讐《ふくしゅう》は……傷つけられた誇りを取り戻す為《ため》の破壊は、意志ある者として当然の摂理よ」

それはまるで、己に対して言い聞かせているかのようにも見えたが――膨大な神気にあてられたハルリがそれに気付く事はない。

「イシュタル……様」

「足掻《あが》きなさい、私はどんな結果になろうと、最後まであなた達を、人類を見守るわ。美しく滅びようと、醜く生き足掻《あが》こうと、私がその末路を見続けてあげる」

美しい指でそっとハルリの涙を拭い、頬をそっとなで下ろしながら女神は断じる。

「生を楽しんで、悦楽を言祝《ことほ》いで、世界を愛する事を許します。その喜びも苦しみもあなたの手で磨き上げて……あらゆる価値を抱えながら、私に全てを捧げなさい？」

子をあやす母親のような声で、母親が子には決して言わぬような事を言うと、イシュタルはそっとハルリの肩から身体《からだ》を離した。

それでもハルリは泣《な》き止《や》まない。

彼女はその場に膝を落とし、蹲《うずくま》ったままひたすらに涙を流し続けた。

イシュタルはそれを茶化すでも呆《あき》れるでもなく、ただ、ただ、側で見守り続ける。

「精いっぱい足掻《あが》いて藻掻《もが》いて、世界の中であなたは踊り続けなさい。不格好な踊りでも、あなたが人である事を止めないなら、それなりに観《み》て愉《たの》しんであげる」

それはまるで、子を慈《いつく》しむ母のように。

「踊り方は教えてあげられないけれど……ドレスとシューズぐらいはプレゼントするわ」

あるいは——育ちゆく黄金色の麦を眺める収穫者のように。

「あなたの邪魔者を踏み潰せるぐらいの加護として、ね」


『特別な何か』があったわけではない。

再びハルリの命を救ったわけでもなければ、先日の工場区画のように共に戦ったというタイミングでもない。それにも関わらず——イシュタルの言葉は祝福として、あるいは呪いとしてハルリの心を大きく変化させた。

魔力で包み込みながら、言葉をかけるのみ。

ただそれだけの事で、わずか数分足らずで一人の魔術師の人生観を変えてしまった。

その事実こそ、神殿を造り上げた事で彼女の神格が取り戻されつつあるという何よりの証拠と言えるだろう。

あるいは、小聖杯たるフィリアの身体《からだ》に、ギルガメッシュという英霊の魔力が注ぎ込まれた影響かもしれないが。


十数分後。

「取り乱してしまい、申し訳ありませんでした」

ようやく落ち着きを取り戻したハルリに、イシュタルが改めて告げる。

「まあ、どっちにしても神殿が完成した今、元から加護は与えるつもりだったし……。とりあえずは、祭祀《さいし》長としての仕事をこなしてくれればそれでいいわ」

「なるほど。ですが、祭祀《さいし》長とは具体的に何をすれば良いのでしょう？」

「そうね……昔なら捧《ささ》げ物の管理とかもあったけど……基本的には、私が色々と出掛けてる間にこの神殿の留守を任せるわ。いずれジッグラトも建てないといけないし……現代の建築技術、上に伸ばす分には中々のものみたいじゃない？　私の加護も込み込みで考えたら、高さ2キロメートル超えの素敵な尖塔《せんとう》が建つわよ！　楽しみね！」

無邪気なティーンエイジのように言うイシュタルだったが、ふと、その声を落として言った。

「ああ、でも、その前に……」

「？」

突然神殿の入り口の方角に目を向けたイシュタル。

ハルリは何事かとそちらを見るが、彼女の目には誰もいないように思えた。

だが、イシュタルはその入り口の外——森の奥に意識を向けながら、己の神気を分け与えた巫女に対して言葉を告げる。

「神殿にさっそく巡礼者が来たみたいだから……まずはあなたが相手をしてあげなさい？」

×　　×

神殿の外

「なんだ……これは？」


ジェスター・カルトゥーレは驚愕《きょうがく》していた。

現在彼は警察署の中で見せたのと同じ、美形の青年の姿をして森の中に立っている。

聖杯戦争の前に下見をした時は、確かにここはただの森だった筈《はず》だ。

だが、今はまったく違う景色が広がっている。

平地である森の中に現れたのは、小さな山を思わせるほどに巨大な建造物だった。

手前にはラピスラズリによって彩《いろど》られた瑠璃色の巨大な門があり、その奥には土台の上の神殿部分に向かう為《ため》の長い石段が設置されている。

石段の上にはメソポタミア圏の古代遺跡を思わせる意匠の建物が建っており、その石段の登り口の左右には、アメリカにおいて金運と気品を呼び込むと言われているココペリ人形を模した金銀の像が並んでいた。

それだけならば良いのだが、問題はその更に外側に置かれている彫像である。

守護神像のような形で置かれているそれは、東洋の童話か何かの中から飛び出した怪物のような姿をしており、見るだけでこちらの心を不安にさせる造形《ぞうけい》だった。

「私はまだ、あいつらの生み出した幻覚の中にいるのか……？」

大樹の陰に隠れながら、神殿の様子を窺《うかが》うジェスター。

確かに冗談としか思えない景色だが、紛れもない現実のようにも感じられた。

その神殿に満ちる底知れずの神気は、たとえプレラーティ達の幻術といえども易々《やすやす》と生み出せるようなものではないと理解したからである。

「何故《なぜ》、このような場所に場違いな……それでいて、桁違いな強度の神殿がある……？」

聖杯戦争の初日にアーチャーとランサーが砂漠で激突するのを見て手放しで賞賛したジェスターだが、彼とて斯様《かよう》な冗談の中に麗しのアサシンを組み込みたいわけではなかった。

デザインやオブジェだけならば『オリエンタル系のイベントを開催している最中の美術館』として納得もできるが、吸血種たる彼からすれば、その神殿を覆う本物の神気こそが悍《おぞ》ましい冗談のように感じられたのである。

——この神気……病院前に繰丘椿《くるおかつばき》が皆を呑《の》み込む直前に感じられたものだな。

プレラーティ達の言うように、確かに部外者としての神霊、もしくはそれに近しい何かが紛れ込んでいるのは確かなようだ。

——ああ、英霊では無理だ。

——聖杯戦争という基盤では、ここまでの色濃き神秘を呼び込む事は不可能な筈《はず》……。

——ならば、確かにこれは余所《よそ》からきた『部外者』だろう。

——……私と同じようにな。

人ならざる身なのは同様だが、ジェスターは眼前の神殿に満ちる神の気配が、人理を否定する魔性としての自分よりも遙《はる》かに格上である事も理解している。

——こんなもの、それこそ『祖』の方々でもなければ太刀打ちできん！

全盛期の自分であるならば、ある程度掻《か》き乱《みだ》す事はできただろう。

だが、今の自分は身体《からだ》の基盤のあちこちを砕かれた上に、己の起源たる『祖』の吸血鬼からも捨てられた状態だ。

蹂躙《じゅうりん》する側から逃げ惑う側へ。

そして手の平で操る側から操られる側へと落ちたジェスターは、思わず苦笑を溢《こぼ》す。

——ふふ、退屈を嫌い聖杯を求めた私が、よもや恐怖を感じるとはな。

——この神霊もどきも儀式に導かれてやってきたものだとするならば、反省せねばなるまい。

——聖杯戦争というものを、たかが人間の儀式と軽く見すぎていたようだ。

珍しく殊勝な気持ちになるジェスター。

　ここは慎重に慎重を重ね、極限まで身を隠して神殿を汚染する機会を窺《うかが》うべきだと考えていたのだが——

「……狂想閃影《ザバーニーヤ》」


　声が。

　麗《うるわ》しき声が。

　愛《いと》しき声が。

　香《かぐわ》しき声が、泥の底に沈みかけていたジェスターの精神を瞬時に覚醒させた。


「おお！」


　歓喜の雄叫《おたけ》びをあげ、その場で跳躍しながら身を捻《ひね》るジェスター。

　その四肢の隙間を、黒い刃と化した無数の髪の毛が通り抜けた。

　濡《ぬ》れ髪の刃はそのままジェスターの身体《からだ》を搦《から》め千切るべく蠢《うごめ》いたが、ジェスターはそれを物理法則を無視した動きで回避し、宙を舞った。

「素晴らしい！　美しい！　最高だ！　やはり君は、煽情的《せんじょうてき》でありながら清楚《せいそ》に世界を染め上げる！　秀美にして臈闌《ろうた》けるその振る舞い！　そう、キュート！　実に実にキュートだ！」

潜伏という単語ごと記憶の中から消え去ったという勢いで、ジェスターは神殿の瑠璃色門の前に躍り出て、アサシンでも自分自身でもなく世界そのものに対して高らかに叫び上げる。

「君だ！　やはり君だ！　君なのだ！　私に存在の喜びを教えてくれるのは！　私に全てを与えてくれるのは！　絶望の砂に埋もれていた私を引き上げてくれるのは君しかいない！」

「……」

話を聞く価値もないとばかりに、髪の毛の持ち主――名も無きアサシンが髪の刃による連撃を繰り出した。

その全てを紙一重で躱《かわ》しながら、ジェスターは尚《なお》も高らかに唱《うた》いあげる。

「麗《うるわ》しき狂信者たる君よ！　よもやこれほど危険な……君にとって異端なる神の力に満ちた場にまで私を追ってきてくれるとは！」

ジェスターは喜び叫び、手近にあった大樹にまで跳躍した。

木の幹へと手を翳《かざ》すと、その木が瞬時に変質し――メキメキと音を立てながらねじ曲がったかと思うと、そのまま巨大な木製の触手となって枝葉ごとアサシンへと襲い掛かる。

「……っ！」

弱体化していた筈《はず》の吸血種に何故《なぜ》ここまでの力があるのか？

アサシンは訝《いぶか》しんだが、ジェスターが『愛の力だ』と説明した所で理解はしないだろう。

実際に、世の理からしてもジェスターの動きは理屈を超えており、己の存在を少しずつ削りながら無理矢理力を発動させているかのようであった。

名も無きアサシンはそのまま宝具を展開し、無数の髪の刃で木の触手を叩《たた》き削っていく。

その間にもジェスターは新しい木へと手を伸ばし、新たなる触手としてアサシンへと繰り出そうとしたのだが――


「お静まりを」


不意に、凛《りん》とした声が響き渉《わた》り、アサシンもジェスターも動きを止める。

二人が声の方角に目を向けると、そこには神殿の石段の上――内部への入り口の前に立つ、一人の女性の姿があった。

まだ少女と呼んでも差し支えのないような若々しい姿であり、神殿とは場違いな洋服を身に纏《まと》っている為《ため》、ここが古い神殿の遺跡であれば観光客のようにしか見えなかったであろう。

だが、彼女の声には幾ばくかの神気が籠められており、周囲を吹きすさぶ強い風の音を突き抜け、その声を周囲一帯に浸透させた。


「偉大なる御方……イシュタル女神の庭たる森で、それ以上の狼藉《ろうぜき》は許されません」

×　　　　×

スノーフィールド中央教会

「土地の気配が、明確に変化したな……」

聖堂教会の代行者たるハンザ・セルバンテスは、教会の奥にある個室でテレビを眺めながら呟《つぶや》いた。

昨日から土地が西の方から変質しているというのは分かっていたが、これまでは回路を組み替えているという雰囲気であり、今しがたそのスイッチが入れられた、という印象を抱く。

まさしくイシュタルがハルリを『祭祀長《さいし》』として任命した事が切っ掛けとなっているのだが、教会にいたハンザには知るよしもない事だった。

現在ハンザはシスター達のみならず、街の内外の教会関係者のツテを使って情報を集積している最中だ。

夢の世界からこちらに戻ると同時にジェスター・カルトゥーレを探すべく駆け出したのだが、その直後にフラットが撃たれたという話は聞いており、死体が起き上がって狙撃者達を皆殺しにした、という情報も目撃者より得てはいる。

「フラット・エスカルドス……魔術師にしては、善良な人間だったな。……祖の一人が目をかけていた事を考えると、何を内包していてもおかしくはない、か」

わずか1日程度の付き合いだが、自分はあの魔術師らしからぬ青年の事を存外気に入っていたらしい。そんな事を考えながら、ハンザは静かに十字を切った。

もしも復活した理由が『死徒として蘇《よみがえ》った』のだとするならば、せめて自らの手でその魂を浄化すべきだろうと考えながら。

「しかし……流石《さすが》に今の状態では、聖杯戦争の敗者となったマスターが駆け込んできた所で満足な保護はできんな」

教会の礼拝堂は先日のアーチャーとセイバーの戦闘で屋根が大きく崩れており、立入禁止のテープが周囲に巻かれたまま放置されていた。

本来のこの教会の管理者だった神父は聖堂教会の手引きでラスベガスにいる師父の元に呼び出されているが、戻って来たら腰を抜かす事だろう。

「もっとも、戻る街があれば、の話だが」

ハンザ・セルバンテスの元には、聖堂教会より『街が消滅する怖《おそ》れあり』との秘匿通達が来ていた。

街を一つ滅ぼした死徒の事後処理なども行う聖堂教会からすれば、この聖杯戦争の黒幕が八十万人もの人間ごと処理する可能性は普通に考えられる事なのだろう。

国の表側の上層部にも、我々聖堂教会の息が掛かった者はいる。

そちらから明確な情報が入ってこないという事は、恐らく裏側の人間だけで処理を強行しようとしていると聖堂教会は分析していた。

ハンザの視線の先にあるテレビの画面では、ホワイトハウスの側にある川の水が爆散したように巻き上がる映像や、北極の氷が円形に消失している衛星画像などが繰り返し流されており、確かに黒幕が町ごと消したがるのも道理だと言えた。

「……その前に、あの台風で街が根こそぎ吹き飛ばされそうだがな」

西から迫る強烈な気配は、魔術師としての素養が比較的薄いハンザも感じ取っている。

街に居る魔術師達の多くも、あの台風の正体は分からぬまでも、『尋常ならざる魔力を携えた、魔術的な嵐である』という事を察してパニックを起こしているようだ。

雷雲や低気圧程度ならともかく、あの規模の巨大台風を自在に操る魔術があるなら、それはもはや魔法に近い領域であろう。

第八秘蹟《ひせき》会の情報部より伝え聞いていた聖杯戦争の情報によると、冬木《ふゆき》の聖杯戦争でも英霊同士の決闘だけでは済まない……という事は聞いていた。

戦闘機が落とされ、川に巨大な魔獣が現れた時には聖堂教会も上を下への大騒ぎだったという話は聞いている。ホテルの倒壊やその直後の大火なども含めれば、むしろ巨大台風で全てが破壊された方が処理が楽とすら思えるかもしれない。

一度街を離れ、全てが終わった後の事後処理に食い込むべし。

そのような通達が来たが、ハンザは意図的にそれを見なかった事にした。

――師父のようにドライに生きられれば良いのだろうが……。

――生憎《あいにく》と、ディーロ殿の影響は簡単には消えてくれなくてね。

山で自分を育ててくれた母親に、山から連れ出してくれたディーロ司教、そして代行者として鍛え上げてくれたデルミオと、ハンザは自分が親と考える存在は三人だと認識している。

かなり特異な環境であった山から連れ出され、そこから一般的な道徳心を覚えたハンザは、その後の代行者としての修行を経た後でも奇妙な形でその道徳心が残り続けていた。

だからこそ、この状況でも彼は街に、そしてこの教会に残り続ける。

シスター達の事があるので、いよいよともなれば離脱する準備はできているが、せめてギリギリまで保護を求める者達の声は聞き届けなければならないと考えて居たのだ。

あるいは、自分と前向きに交流を持ったフラットを失った事が、幾ばくかの影響を与えているのかもしれない――

そんなナイーブな気持ちを払拭《ふっしょく》しようと、ジョロキアの粉末を浮かべた珈琲《コーヒー》を飲みながら西の森への対策を考えていたハンザだが――

「ハンザ、お客さん。外に待たせてる」

四人いるシスター《カルテット》のうちの一人が戻ってきて、そんな事を報告してきた。

「！　マスターか？」

——可能性があるとすれば、セイバーのマスターだろうか。

——魔力量は異常だが、魔術師ではなさそうだったからな……。

セイバーがまだ脱落していないとしても、状況を観《み》て保護を求めてくる可能性はあるだろう。

そう予測したハンザだったが——

シスターの口から放たれたのは、彼にとって予想外の答えだった。

「うん。ライダーのマスターだって」

「なに？」

——ライダー……騎兵クラスの英霊か。

——繰丘椿《くるおかつばき》の筈《はず》はない。

——とすると……ペイルライダー……とはまた別の英霊か？

そもそも監督官ではあってもマスターでは無い為《ため》、ペイルライダーが本当にライダーだったのかどうかも与り知らないハンザ。

訝《いぶか》しむ彼に対し、シスターは淡々と言葉を続ける。

その言葉を聞いたハンザは、『今さらか？』と更に首を傾《かし》げる結果となった。

「監督官に、聖杯戦争への参加を表明したいって……」

×　　　×

スノーフィールド西部　イシュタル神殿前

「この地は、燦爛《さんらん》たるイシュタル女神によりネオ・イシュタル神殿として祝福されました。イシュタル様は異教の方も異形の方も分け隔て無く受け入れる御方ですので、巡礼をなさるならお静かにお並び下さい」

まるで美術館や遺跡を案内するガイドのような事を言う女性に、名も無きアサシンとジェスターはそれぞれ逡巡《しゅんじゅん》する。

だが、それも一瞬の事。

その女の気配の濃さからプレラーティ達に言われた『神霊』ではないと判断するやいなや、ジェスターは即座に躍り掛かった。

その血肉を喰《く》らって回復を図ろうとしたのか、アサシンへの人質にするつもりだったのか、あるいは全く別の目的を持っていたのかは分からない。

ただ、如何《いか》なる狙いだったにせよ、それが叶《かな》わなかった事だけは確かだ。

女性の背後から現れた無数の青い弾丸が、ジェスターの身体《からだ》を貫いたのである。

「ぐっ……!?」

弱体化しているとはいえ生半可な魔術など跳ね返せると考えていたジェスターは、己の身体《からだ》を襲った想定以上の衝撃に驚き、更に追撃を加えてくる青い弾丸を摑《つか》み取《と》った。

直後に、その右手に激痛が走り、指の一本が溶け落ちる。

「……!」

死徒である自分に的確に痛みを与えるばかりか、肉体への損傷すら与える攻撃。

——違う。

自分の身体《からだ》に起こった異変を分析し、即座にそれが純粋な破壊の攻撃ではないと理解した。

——非常に強力な催眠毒!

——それを俺の魂が拒絶したのが痛みとして現れたのか!

恐らく、指が溶けたのは反射的に魂に直接作用する催眠を拒絶した事による反応だろう。

ジェスターは歯嚙《はが》みをしながら、自らを侵食しようとしたモノの姿を視認した。

その正体は——蜂。

ただの蜂ではない。

一匹一匹の外骨格が青く染め上げられており、まるでラピスラズリを削りあげた精巧な蜂の像に思えた。

——ゴーレム⁉

——いや、違う！　これは……本物の蜂だと⁉

瑠璃色の蜂というのが存在しないわけではない。

ナミルリモンハナバチなど、素の色として美しい青を湛《たた》える蜂は数種類存在しているのだ。

しかし、その蜂は違う。

本来なら鮮やかな黄色と黒を基調とする大型の蜂が、まるで瑠璃石の鎧《よろい》を纏《まと》ったかのように進化を遂げているように思えた。

——この蜂を操る魔力の質……見覚えが……。

ジェスターは瞬時に蜂を振り払い、大きく後退しながら叫んだ。

「貴様！　まさか……オッド・ボルザークの後継か⁉」

「！」

それまで泰然としていた女性の顔に、僅かな動揺が走る。

「……祖父を、知っているのですか」

「はっ！　魔術師としても同胞としても、我らの間ではそこそこ有名だったからな。そのせいで人間どもから賞金首として追われ、滅び朽ちたようだが」

「……死徒」

「そう警戒するな。奴《やつ》と敵対していたわけではない」

アサシンを警戒しつつ、目の前の女性に相対したジェスターは瞬間的に複数の事を思案した。

——オッドの後継者。

——だが、こいつは我らの同胞ではない。

——こいつ、マスターか？

——左手に令呪。

——サーヴァントはどこだ？

——死徒化させた蜂は受け継いでいるのか？

——だとすれば利用できる。

——いない可能性の方が大きい。

——いや。

——俺の力を使い、今から蜂どもを死徒化すれば同じ事！

ジェスターの知る『ボルザーク』の魔術師は自分と同じく死徒であり、人間を死徒化させる特殊な毒蜂を操る男だった。

その毒蜂を利用し、スノーフィールドの街に自らの屍鬼《しき》を増殖させれば、力の回復と同時にアサシンの心を曇らせる事ができる。

——魔術師どもがそこかしこをウヨウヨと歩き回っている状態で同胞を増やすのは避けてい

たが……蜂を使えば、その問題も回避でき——

即座に頭を後ろに反らす。

自らの頭があった所を、黒髪の刃が通り抜けた。

「ハハ！　嫉妬してくれたのか、麗しのアサシンよ！　安心してくれ、この女に粉を掛けていたわけじゃない！　君をより愛する為《ため》の算段だ！」

「……」

無言のまま攻撃を続けるアサシンだが、ジェスターの言葉に、蜂使いの少女が警戒度を引き上げた。

「アサシン……!?　サーヴァントが何故《なぜ》死徒と……!?」

「……！」

その言葉を聞いたアサシンは、石段の上にいる蜂使いの女性が聖杯戦争の関係者だと悟る。

無論、このような神殿の中にいるのだから何かしらの関係者には間違いないのだが、アサシンもまた女性魔術師に対する警戒度を強く引き上げた。

——だが、後回しだ。

——先に、この魔物だけは——

目的の順番を入れ替える事なく、ジェスターへと向かうアサシン。

だが——

「……貴女《あなた》がサーヴァントであろうと、変わりません」

イシュタルの魔力が侵食した事により、精神が祭祀《さいし》の行使者として変質しつつあるハルリ。

元々聖杯戦争を魔術世界を破壊する為《ため》の道具としてしか見ていなかった彼女は、聖杯よりも優先すべき存在としてイシュタル女神の神殿を護《まも》る事——つまりは、イシュタルの為《ため》に働く事が目的に変わりつつあった。

「私の名はハルリ。イシュタル様より命と役割を与えて頂いた祭祀《さいし》長として……これ以上、この場で暴威を振るう事を認めるわけにはいきません」

この世界がイシュタルの色に染まるならば、それはすなわち多くの魔術師にとっての世界が壊れる事に他ならないのだから。

どこか矛盾のある考えだったが、イシュタルの魔力によって魂そのものが魅了されつつあるハルリは気付かない。

いや、仮に欠片《かけら》も魅了されていなかったとしても、彼女は自らの命を救ったイシュタルへの恩義から、次の言葉を口にしていたかもしれない。

ここで死徒と英霊が暴れていようがいまいが、どのみち最初に告げる筈《はず》だった言葉を。

「令呪を持って、命じます」

刹那、ハルリの左手にあった令呪が輝きを放つ。

——目の前に現れたサーヴァントと死徒を相手に、貴重な令呪を使うのか？

——ここで確実に俺かアサシンを仕留めるつもりなのか？

ジェスターはそう疑念に思いかけたが——次に続く命令を聞き、納得する。

それならば、この神殿に全てを捧《ささ》げたマスターならば当然の使い道であると。


「この森と神殿の番人として、永遠なる守護を！」


令呪が輝き、ハルリの左手よりその一画が失われる。

刹那、大地が揺れ——。

森の中から、巨大な、あまりにも巨大な鋼の魔獣がその姿を現した。


『それ』の歩みが大地を揺らしたわけではない。

隠蔽魔術か何かで姿と気配を消していた『それ』が、魔力を解放した余波で森そのものが大きく揺らめいたのだ。

あまりにも巨大で、尚《なお》かつ濃密な魔力。

ジェスターは即座に理解する。

「これは……あの時、病院の前に現れた奴《やつ》か！」

気配だけで『聖杯にここまでのモノを呼ぶ事は可能なのか？』と訝《いぶか》しむ事になった存在。

今は、あの時の数倍から数十倍にまで気配が膨れあがっている。

『――――――――――――――――――――――――――――――――

――――――――――――――――――――――――――――』

病院前から聞こえて来たものに近しい叫び。

ジェスターには全く同じような叫びとして聞こえたが、アサシンは気付いた。

以前の叫びがこの世の全てを呪うかのような怨嗟《えんさ》の叫びのように聞こえたのに対し、此《こ》度《たび》の叫びは、まるで何かの祝祭であるかのような歓喜の悲鳴のように感じられる、と。

その叫びにより、森の中のあらゆる翼ある生物が空へと飛び立ち、強風に煽《あお》られながら森の空に影を落とした。

「……なんだ、これは？」

ジェスターは、死徒の一人として、目の前に現れた『それ』を理解し、否定しようとする。

「人の作りしものならば我が身で存在を否定する事はできる……だが、違う」

肌で感じられる魔力から『それ』が内包するあらゆる要素を分析し、ジェスターは一つの仮定を口にした。

「人でありながら……神の造り上げた兵器だと……？」


「ハズレよ」

否定の言葉が、神殿の奥から響く。

カツリ、コツリと人間らしい足音を伴いながら、ハルリの立つ石段の最上部に一人の女性がその姿を現した。

「同郷の神々《みんな》は、この子を兵器として創成したわけじゃないわ」

ハルリが跪《ひざまず》き、女性に対して恭《うやうや》しく頭《こうべ》を垂れる。

それに合わせるかのように、森の中に現れた巨獣も身を低くし、その女性に対して臣下の礼を取るように頭部らしき部位を下げて見せた。

「生み出し方は私の美意識には合わなかったけど、生まれたからには祝福した。私の聖所の番人をさせていたのだけれど、同じ役割を得たのがそんなに嬉《うれ》しいのかしら？　可愛《かわい》い子ね」

神殿と同規模に巨大な『それ』に対し、地母神としての微笑《ほほえ》みを向ける美しい女性。

それがアインツベルンのホムンクルスであるという事は、魔術師としての顔も持っていたジェスターにはすぐに理解できた。

だが、同時に別の事も理解する。

その中に入り込んでいるモノが──その巨大な『それ』とは別種であり、尚《なお》かつ同等に強大な魔力を内包しているという事を。

「……何者だ？」

「あら、頭が悪いのね？　分からないの？」

思わず尋ねたジェスターに、ホムンクルスの身体《からだ》を持つ女が言った。

それを聞き、歯嚙《はが》みをした後にジェスターが口を開く。

「いや、確かに馬鹿な問いだった。そこの祭祀《さいし》長とかいう女が言っていたな。ここが誰の神殿かという事を」

完全に固まっているジェスターだが、アサシンもそんな彼を追撃できずにいた。

迂闊《うかつ》に動く事は許されない。

彼女を無視して何かをする事は許されない。

まるで世界そのものがそう命じているかのような圧力が、周辺一帯の空気を支配している。

その空気に逆らって皮肉な笑みを浮かべる事ができたのは、人理を否定する身であり、女神の神気よりも先にアサシンに魅了されているジェスターだけだった。

「よもや本当にこの地に神殿を築くとはな……女神イシュタル」

×　　×

コールズマン特殊矯正センター

「……姿を現しましたか」

長距離の遠視能力を持たせた使い魔越しにアインツベルンのホムンクルス──小聖杯の姿を確認したファルデウスは、表情を消したまま指示を呟《つぶや》いた。

「まあ、無駄だとは思いますが、やれるだけの事はやりましょう」

無線機に手を伸ばしながら、自嘲気味に笑う。

「水銀の礼装を持つ魔術師はアンチマテリアルライフルで。意識を無数の虫に移して長らえる魔術師はミサイルで殺しきる事はできる……」

「英霊は我々の理では殺せませんが……ホムンクルスに取り憑《つ》いた神霊は、どうでしょうね」

×

×

スノーフィールド西部　森林地帯

「……無駄な事をするのね、現代の人間って」

神殿の上に立つイシュタルは、呆《あき》れたように呟《つぶや》いて溜息《ためいき》を吐き出した。

その言葉の意味が解《わか》らなかったハルリやジェスター達だが、その答えはすぐに知る事となる。


この聖杯戦争の仕掛け人達が準備したのは、スノーフィールドの街だけではない。

その周囲を取り囲む地域にも、様々な設備を秘密裏に建造していた。

スノーフィールドを中心として周囲150キロメートル前後の位置には、街を護《まも》る為《ため》の――

あるいは街の一部を破壊する為《ため》の設備がある。

ファルデウスの指示により、その設備の中で西側と北側に設置されたロケット砲が稼動《かどう》し、
数百の子爆弾を弾頭に詰め込んだミサイルが発射された。

北方向と西方向からスノーフィールド西部の森へ飛び来る数十発のミサイル。

魔術的な隠蔽システムが働いている為《ため》、一般人の目にその姿が映る事はない。

空中で開かれた弾頭は無数の子爆弾を目標地点にばらまき、その一つ一つの弾頭が鋼をも切り裂いて内部から爆発を引き起こす——筈《はず》だった。


だが、こちらに飛来してくる殺意の塊を察したイシュタルが行った事は——

天に向かってその右手を掲げて、ただ美しく微笑《ほほえ》むのみ。


それで、十分だった。


飛来してきたミサイルの弾頭から分離した数百数千の子爆弾が、瞬時にその機能を失いながら地面へと雨のように落下する。

中には弾頭を開く事すらないまま森の中に墜落したミサイルすらあるが、何よりも異様だったのは、そのミサイルすら一切の誘爆を起こさず、炎の一つすら森の中にあがらなかったという事だ。

「馬鹿な……」

何が起こったのかすら分からぬハルリやアサシンとは別に、ジェスターは頰を引きつらせながら端的にその現象の顚末《てんまつ》を口にする。

「人や獣ではない……人格の霊基すらない現代兵器だぞ？」

自分の側にも降ってきた子爆弾を一つ手に取り、そこから全ての機能が——火薬が炸裂《さくれつ》するという理すらも失われているのを確認し、ジェスターの全身に震えが奔《はし》った。

「火薬玉の一欠片《かけら》に至るまで……すべて魅了し尽くしたというのか？」

そんな真似《まね》ができるのは、自分より遥《はる》か高みにいる『祖』と呼ばれるレベルの死徒ぐらいのものだと思っていた。

だが、それを軽々とやってのけたこの女神は、既に『現代に残った残滓《ざんし》や残響』といったレベルではない。

もはや、新たなる神。

人格がオリジナルと異なっていようとも、力というシンプルな側面でのみ考えた場合、それは紛れもなく疑似神格としてこの地上に降臨しつつあるという事に他ならなかった。

——可能なのか？　そんな事が。

人理を否定する側のジェスターでさえ訝《いぶか》しむ。

恐らくは、力の行使にも限界があるはずだ。

さもなくば、歪《ゆが》みが積み重なる事でこの世界そのものが否定されかねないと。

——だが……。

——否定されたとしても、それはそれで構わないのだろうな、この神《バケモノ》は。

そんな中——まだ神を試そうというのか、第二陣、第三陣の長距離ミサイルが飛来する。

だが、それらはこの森の上空に到達する事すら許されなかった。


爆発こそ起こらなかったが、イシュタルの行動を観《み》て、ハルリのサーヴァントと——西から迫る『台風』が、それらを女神に対する攻撃であると理解したのである。

北から飛来する飛翔《ひしょう》体の群れに向かい、光輪を輝かせる鋼鉄巨獣。

すると、一瞬の間を置いた後に、まだ北に50キロメートル以上離れていた北方の飛翔《ひしょう》体が全て空中で爆発して消え去ったのだ。

「相変わらず、仕事の呑《の》み込みが早くて助かるわ」

その様子を見ていたイシュタルは、肩を竦《すく》めながら微笑《ほほえ》みかける。

「今度は、最後まで役目を果たしなさい。フワワ」

鋼鉄の魔獣はそれに答えるかのように、嬉《うれ》しそうに背に纏《まと》った光輪を七色に輝かせた。

西から飛翔《ひしょう》したミサイルは、更なる異常に見舞われる。

スノーフィールドの間近まで接近した巨大台風の雲がゆっくりと蠢《うごめ》いたかと思うと――飛《ひ》翔《しょう》体の数々は途端にその制御を失い、狙い澄ましたかのように雲の中へと消えて行った。

比喩ではない。

文字通り、消えたのだ。

分厚い雲の合間に入り込んだミサイルが、まるで空中に開いた穴の中に落下したかのように、跡形もなく消失してしまったのである。

まるで、巨大な何かにひとのみにされてしまったかのように。

「変なものを食べちゃ駄目って言ってるのに……美味《おい》しいの？　それ？」

西の方に振り返り、巨大な雲の塊へと問い掛けるイシュタル。

「相変わらず腕白な子ね、グガランナは」

それに答えるかのように、台風は雲の合間に激しい雷鳴を響かせた。

声の代わりに激しい風を吹き荒らし、女神の意にそぐわぬもの全てを地上から消し去ると主張しているかのようだった。

真東――スノーフィールドの市外に向けて立つイシュタルの背に重なるように、台風はスノーフィールドの数十キロメートル先にまで迫っていた。

通常とは違い、巨大な積乱雲と暴風の壁となって地上より聳《そび》え立《た》つ異様な台風。

まるで、天から降りるナイアガラの滝のようにも見えるその景色を背景に、イシュタルは堂々と街を見つめている。

アサシンにもジェスターにも既に興味はなく、街の中心部——クリスタル・ヒルの最上階にいる、金色の鎖を纏《まと》い萌葱《もえぎ》色《いろ》の髪を靡《なび》かせた英霊を挑発しているかのように。

そんな彼女と同じ方向を見つめていた鋼の巨獣は、感情を昂《たか》ぶらせたかのように両腕をあげて雄叫《おたけ》びをあげた。

世界に怒りをぶつけるかのように。

あるいは、誰かに救いを求めるかのように。

×　　×

コールズマン特殊矯正センター

「物理も通じず……ですか」

攻撃作戦の結果を確認し、ファルデウスは予想していたとばかりに肩を竦《すく》める。

「万が一、明日の『オーロラ堕とし《Aurora fall》』でも神殿が破壊されなかった場合……『奈落の繁栄《Abyss rise》』も発動させられるよう、準備をしておくべきですかね」

「……それでも神殿が破壊されなければ、どうなるのでしょう？」

無表情のまま尋ねるアルドラの問いに対して、ファルデウスは苦笑しながら答えた。

「なに、問題は何もありませんよ」

「その時は……せいぜい、世界がひとつ終わるだけの話です」

×　　　×

同時刻　砂漠地帯

本来ならば静寂が勝っている砂漠地帯の中に、現在は一時的なざわめきや車のエンジン音などが入り乱れている。

ガス会社のロゴマークが入ったトラックが数台到着し、プレラーティの工房であった飛行船の撤収作業を開始していた。

そんな車を見ながら、フランソワが問う。

「なんでガス会社？」

「ガス会社の広告用の飛行船……って名目になってるの。実際はずっと幻術で隠蔽して空と同化させてたんだけど、こうやって墜落した時の為《ため》にねー」

ビーチパラソルを荒れた地面に挿し、プールサイドにあるようなチェアに寝そべってコーラフロートを啜《すす》りながらフランチェスカが答えた。

こちらも風が大分強くなってきており、砂埃《すなぼこり》で撤収作業はかなり難航しているが、フランチェスカ達の周りだけ突風も砂も避けて通り抜けている。

そんな無駄な魔術にリソースを注ぐマスターに、サーヴァントである少年は『現代文化に慣れ親しんでるのズルイなー』と愚痴を言いつつ、ふと真面目な顔で尋ねた。

「実際、どうするつもりなの？　フランチェスカは」

自らの過去である英霊からの問いに、この聖杯戦争の黒幕の一人である少女は、何かを信じるように目を耀《かがや》かせ、右手を空に翳《かざ》しながら答える。

「やっぱり、聖杯戦争は英霊同士で争って欲しいよねえ。あんな古い部外者が大きな顔をしてるんじゃなくってさ」

「それ、僕達が言えること？」

「私達だからこそ言えること、だよ」

クスクス笑うフランチェスカは、勢い良く身体《からだ》を起こしながら、一際《ひときわ》その目を耀《かがや》かせる。

「とはいえ、殺し合いの前に一度手を組むっていうのも……それはそれで、いい味付けになるかもしれないよね！」

「どうかな」

「あれれ？　君は反対？　同じ私なのに」

首を傾《かし》げるフランチェスカに、少年が苦笑しながら答えた。

「基本的には同意だよ。だけどね、殺し合いの前に、っていうのは違うんじゃないかな」

「ふんふん、その心は？」

興味深げに問うフランチェスカ。

フランソワはそこで目を細め、現代を長く生きたフランチェスカではなく、ジル・ド・レェと共に処刑された所で終わりを遂げた錬金術師としての言葉を吐き出した。

「殺し合いの前じゃない。最中だってことさ」

「……ああ、なるほどね」

「手を組んであの部外者達と戦ってる間に、背中から刺し合う。それこそが愉《たの》しい混戦ってものじゃない？」

×　　　×

「だからこそ……この混戦には、できるだけ全員参加して欲しい所だよね！」

食肉工場

「行くのか？」

バズディロットの問いに、アルケイデスが答える。

「無論」

淡々とした様子の復讐者《ふくしゅう》だが、その霊基は2日前とは別物だった。

二万を超える人命の結実である魔力結晶。

その大半を呑《の》み込み、数多《あまた》の魔力と命が凝縮された『泥』を纏《まと》いし英雄が、己の成すべき事の為《ため》に弓を取る。

「呪いの残響のままであるならば、この手で狩るまでも無かったが……」

「自ら神の座に昇るというのならば、我が獲物に他ならん」

×　　×

ネオ・イシュタル神殿近辺

『影』は、森の中に既に潜んでいた。

いつからそこに居たのか、あるいはマスターに命じられるよりも前からこの街のあらゆる影の中に溶け込んでいたとでもいうのか、その答えは彼自身にしか分からない。

世界に再臨しつつある女神にすら気取られる事なく、『影』はただ、己を闇の中に滲《にじ》ませる。

世界の揺らめきに合わせ、土地そのものが変質していく中、影だけは何一つ変わらずそこに在り続けた。

だが――ほんの僅かな時間。

『影』が、世界の形とは異なる揺らめきを見せる時があった。

それは、吸血種である男の背後に現れた小柄な影が、彼の知る御業《みわざ》の数々を行使した瞬間だ。

しかし、それも所詮は誤差であるとばかりに、やがてなんの揺らめきもなく、ただ『影』はそこに在り続ける。

これから何を成すつもりなのか。

あるいは、その暗殺者の少女に何を想《おも》ったのか。

全ては闇の中に溶け込み、世界の底へと消えて行く。

ただ一つだけ確かなのは、やはり、『影』はその場に在り続けるという事だけだった。

×　×

アメリカ上空

ティア・エスカルドスは、空の遥《はる》か上に佇《たたず》んでいる。

遥《はる》か高みより地上を睥睨《へいげい》しているが、見下ろしてはいない。

意識的にも、身体《からだ》の姿勢的な意味でもだ。

遥《はる》か成層圏より上の高みにおいて、天地さかさまになりながら、スノーフィールドの地を静かに見上げている。

「……」

彼の視界の中で、スノーフィールドの土地の色がリアルタイムで塗り替えられつつある。

特殊な台風が今まさに覆い隠そうとしている彼の地は、台風も含めて世界でも屈指の神秘に包まれた場へと変貌しつつあった。

「変わるのか？　世界が……」

スノーフィールドという土地を起点する変貌の果てにあるのは、この世界の否定か、あるいは肯定か。

それを見極めるのを待つべきか、あるいはなんとしても今の段階で止めるべきなのか。

「僕には、関係の無い事だ」

思わず言葉に出した後、ティアは静かに歯噛《はが》みする。

確認するようにその答えを口に出した事が、迷いがある事の裏返しだと気付いたからだ。

「……『俺《フラット》』なら……どうしてたんだろう」

ティアの周囲には、幾重にもの小さな『星』が周回している。

二日前に北極などに甚大《じんだい》な破壊をもたらしたものと同じ星が。

だが、そこにはまだなんの魔術式を籠められておらず、ただ形状をかえたスペースデブリの塊として存在し続けているだけだった。

ただ在り続ける。

その目的をただ果たすだけならば、ここに座して待つだけでも良《い》いだろう。

だが、果たして本当にそれが最適解なのか。

強大な英霊との戦いは、巨大台風の姿をした獣の横やりが入り仕切り直しとなった。

あの戦いを経て自分の力を正確に把握したティアは、在り続けるという目的の最適解を導き出すべく、現時点における世界の変質の瀬戸際《せとぎわ》に立つ土地——スノーフィールドを注視し続けている。

しかし、今だにどう動くべきか答えを出せず、ただ過去に共に在った者の事を思い出しながら、己の周囲にデブリ製の星を生み出し続ける事しかできなかった。

まるで、彼自身がフラット・エスカルドスという存在から剝離した破片《デブリ》のように。

×　　×

ゆめのなか

それは、イシュタルが祭祀長《さいし》を任命し、本当に土地をエビフ山の一部であるかのように変えた瞬間の事だった。

弱い灯《あか》りに過ぎなかった青い灯火が闇の中で輝きを増していく。

その輝きに反応するかのように、椿《つばき》はゆっくりと意識を取り戻した。

「……」

ここがどこなのかも、自分が何者かも曖昧なまま、少女の意識は光を追う形で視線を周囲に巡らせる。

少女はやがて、一際眩《ひときわまばゆ》い金色の光の存在に気が付いた。

青い炎の揺らめきに導かれるように、堂々と闇の中を闊歩《かっぽ》していたその金色の光は、やがて椿《つばき》の側まで通りかかり、その動きを止める。

椿《つばき》はその光に目を向け、ただ純粋に心に湧き上がった問いを口にした。

人の形すらしていないただの光に、どうしてそんな疑問を抱いたのかも分からぬまま。


「お兄ちゃん、だあれ？」

×　　×

これは、叙事詩の再現に非《あら》ず。


メソポタミアに名高い世界最初の物語。

ギルガメッシュ叙事詩において、英雄王は盟友である土人形と共に、森の番人を倒し、女神の求婚を拒み、その後に天の牡牛《おうし》を仕留めて見せたという。

だが、英雄王は森の番人も天の牡牛《おうし》もそれぞれ個別に戦ったのだ。

森の番人と女神と神獣。その三者が同じ場所に立つ事など、神話の中ですらあり得ぬ事だったのである。

偽りの聖杯はあらゆる因果をたぐり寄せ、ついには神話を超える破局を顕現させたのだ。
そして――スノーフィールドに、繚乱《りょうらん》の時が訪れる。

接続章
『終わりの始まり』

？？？　にて

気が付くと、アヤカ・サジョウは見慣れぬ景色の中に立《た》ち竦《すく》んでいた。

――え……？

突然広がった風景に困惑するが、その一方で、どこか曖昧な状態の自分にも気付く。

そして、これがかつて何度か体験した感覚だと理解した。

――あ、そうか……私また、夢でセイバーの過去を……。

自分の意志とは関係なく、視点が勝手に移動する。

いずれ目覚めるであろうと思いつつも、セイバーの過去――生前のリチャード一世という存在に興味を引かれている自分に気が付いた。

――いったいどんな生き方をしたら、あんなに前向きに……。

アヤカがそう考えていると、目の前に奇抜な姿の男が現れた。

「やあ、リチャード」

その声に答える形で、アヤカの耳に別の声が響く。

「……また、止めに来たのか？」

「いや、その段階はもう過ぎたし諦めた。だって君、もう始めちゃっただろう？」

派手に飾り付けられた山高帽に、スチームパンク風のゴーグルとガスマスク。

歴史上のどの時代からでも浮いていそうな格好をした若い男の姿を見て、アヤカは即座にそれがサンジェルマンという名前の男だと思い出した。

過去にもセイバーの過去を覗《のぞ》く夢に出てきた事があり、その時は自動車に乗って現れるという時代の何もかもを無視した登場の仕方をしていて、アヤカの印象に強く残っている。

更にもう一つ、アヤカの印象に残っていた事は——

「忙しい所をすまないが……いつもの大事な『まじない』を君にかける。気にしないで聞いてくれ。今回の件について詐欺師たるこの私が君に話をするのは、もう少し後……君が今日の仕事をやり終えた後だ。今の内に言っておくが、慰めるつもりはないし、改めて君にドン引きしたという話をする事になる」

「……」

「さて……瞳の奥の君よ。僕の声は聞こえているかな？　サンジェルマンだよ」

——ッ！

「君がこの獅子心王《しししんおう》と仕方なしに付き合ってる程度の仲ならば、この先の夢を見続ける事はない。ずっと目を瞑《つぶ》って、耳を塞いで、ただ目が醒《さ》めるのを待てばいい。だけど、仮に君がこの勇敢過ぎた王と共に歩む事を決めたのなら、この先の景色を見る事を止めはしない。もちろん、見ない振りをするのも自由だが……」

――そうだ。前もそうだった。

――この変な人、私の事を認識してる……？

アヤカは何か声を出そうとするが、自分の肉体ではないので叶《かな》わない。

ただの傍観者となっているアヤカに対し、サンジェルマンは不敵な笑みを浮かべたまま言葉を続けた。

「このサンジェルマンの願いを敢《あ》えて言うなら……目を背けても構わない。だが、背けた理由がなんであれ、最後には、彼を受け入れてやって欲しい。同じ時を生きる私では意味がない。違う時を生きる君じゃなければ駄目なんだ。それはきっと、君にとっても救いになる。以上、サンジェルマンでした」

そのまま恭《うやうや》しく一礼をし、どこかへと去って行くサンジェルマン。

「あいつが『まじない』をしたという事は……つまり、今日はそういう日という事か」

アヤカの耳に届くのは、彼女の視線の主――セイバー本人の声だろう。

「まあ……そうなのだろうな。流石《さすが》に俺にも理解はできる」

しかし、アヤカはその声を聞き、違和感を覚える。

――あれ？

――なんか、いつもより感情が薄いっていうか……。

――ちょっと、怖い感じがする。

夢の中だというのに、汗が手の平に滲《にじ》むのを感じた。

心のどこかから別の声が聞こえる気がする。

見ては駄目だ。見てはいけない、これ以上は踏み込んではいけないと。

一方で、今の自分は別の事を考えていた。

――さっきのサンジェルマンって奴《やつ》の言葉……。

――あれは、私に向かって言っていた。

彼女は気付く、セイバーが視線を一瞬落としたのに合わせて、自らの鎧《よろい》に大量の返り血が付いていた事を。

戦場ならばそういう事もあるだろう。

だが、ここは戦場の直中には見えない。

夢の中だというのに、噎《む》せ返《かえ》るような臭いを感じ始める。

海の近くなのだろうか。潮風に運ばれる形で、鉄錆《てつさび》の臭いが肺に満ちた。

――昨日までの私なら、目を瞑《つぶ》っていたかもしれない。

アヤカが思考する間にも、セイバーは歩を進めていく。
嫌な予感が膨れあがり、本能はアヤカに目を瞑《つぶ》らせようとした。
——でも、決めたんだ。
セイバーは、高い壁の建物の横を歩き、階段をゆっくりと登っていく。
——私は、セイバーのマスターになった。
鳥の鳴き声が聞こえる。
何かに群がるような、大量の鳥の声が。
——だから、何があっても、目を背けたりは……。
階段を上りきった所で、目に映る——

白と、赤。

赤。

　赤。

　　赤色。

数百、いや、数千だろうか。
大地を埋めるように横たわる、白装束を纏《まと》う人々の身体《からだ》。
　それが全て、赤く赤く赤く染まり、

　赤はそのまま地面へと滲《し》み、溜《た》まり、流れ澱《よど》む。

　顔。顔。顔。

　もう表情を変える事のない、胴体から離れた首に貼りついた顔が並ぶ。

　その切断面から静かに赤を垂れ流しながら、こちらをじっと見つめ――

×　×

スノーフィールド東部　沼地の屋敷《やしき》

　アヤカ・サジョウが、絶叫と共に目を醒《さ》ます。

「どうしたアヤカ！　大丈夫か⁉」

　即座にセイバーが声を掛けてくる。

　そこでアヤカは、自分が拠点としている屋敷《やしき》のベッドで寝入っていた事に気が付いた。

　セイバーは隣の部屋で本を読んでいたようで、飛び起きたアヤカを見て心配そうな顔をしている。

「あ……え……夢……。そうか、夢、だよね」

「顔色が真っ青だぞ？　水でも用意するか？」

「いや……大丈夫、ありがとう」

アヤカは深呼吸をし、改めて心を落ち着けようと試みた。

ゆっくりと周囲を見渡し、まずはここが現実であると認識する。

次いで、これまでに何があったのか、夢と現実の差を頭の中で整理した。

——昨日は夜までなにもなくて、結局シグマ君とも連絡は取れなかったし……。

——アサシンの女の子も結局戻ってこなかったから……シャワーだけ浴びて寝たんだった。

アヤカはそこでシャワーの水音を思い出すが、同時にそれは夢の中で聞いた波の音を想起させ、血の臭いが頭の中にフラッシュバックする。

吐き気を覚えながら、ベッドから這《は》い出《で》るアヤカ。

眼鏡がズレ落ちかけるのを元に戻し、『また眼鏡をかけたまま寝たのか』と自分の粗忽《そこつ》さに呆《あき》れかえった。

「よっぽど疲れてたんだろうな。ベッドに倒れ込んでそのまま寝入ってたぞ？　起こすのも悪いと思ったからそのままにしたが、流石《さすが》にお腹《なか》が空いてるんじゃないか？」

「うん……少しね。それより、何か変わった事はなかった？」

「あー、まあ、見た方が早い。狙撃手はいないと思うが、念の為《ため》に窓からは離れたまま……その位置から見てくれ」

「？」

セイバーの視線を追う形で、西側の窓に目を向けるアヤカ。

そこから見えた遠景に、アヤカはギョッとして一気に意識が覚醒した。

「……なに、あれ」

それは、果てしなく広がる雲の壁だった。

ゴウゴウと鳴り響く風の音とは対照的に、その雲の壁は堂々と街の遙《はる》か西に鎮座しながら、街そのものを呑《の》み込もうとしているように見える。

「台風だが、まあ、見ての通り尋常じゃない」

「台風って……あんな雲の壁みたいになるんだっけ？」

「まるで国を一つ呑《の》み込む竜巻だな。あれも他の英霊の仕業だとするのなら、これは十字軍遠征の時以来の大戦《おおいくさ》になるぞ」

セイバーの言葉に、アヤカは一瞬だけ寒気を覚えた。

ふだんならば『また馬鹿な事を』と流す言葉だったが――先刻見た夢が、アヤカの心を酷《ひど》く蝕《むしば》んでいる。

観《み》なかったフリをして、何事もなく会話を続けるのは容易《たやす》い。

だが――それでは、今まで自分が赤いフードの少女にしてきた事と何も変わらないのではないだろうか？

夢の中でサンジェルマンに言われた言葉も気に掛かり、アヤカの中で急速に不安が膨らんだ。

「ねえ、セイバー……」

故に、自らの見た夢について尋ねようとしたアヤカだったが——

「待った。誰かが来る。恐らくサーヴァントだ」

「えっ⁉」

突然緊張感を纏《まと》った声を出すセイバーに気圧《けお》されつつ、アヤカは即座に気持ちを切り替えてセイバーと共に廊下に出ると、屋敷《やしき》の正面玄関の方に意識を向ける。


セイバーが供回りの一人に玄関の扉を開けさせると——両開きの大扉から現れたのは、小柄と言っても差し支えのない女性の姿だった。

「正面から乗り込んで来た……というには、殺気がないな」

試すように言うセイバーに、その女性は凜《りん》とした表情で言った。

「セイバーとお見受けする。私はライダーの霊基として顕現した者。貴殿とそのマスターと話がしたいが、構わないか」

礼儀正しい物言いの女性。

だが、セイバーは肌で感じ取っていた。

この少女と言っても差し支えがない程の若い女性が——これまでに出会ったどの英霊よりも色濃い覇気に満《み》ち溢《あふ》れていると。

――おいおい……今までどこに隠れてたんだ……？

聖杯戦争のマスターほどではないが、歴戦の猛者《もさ》として、そして己の宝具で供回りを連れてマスターに近しい事をしている関係上、セイバーもある程度は相手の基礎的なスペックを見抜く力はある。

その彼の見立てが告げている。

目の前にいる英霊は、フィジカルだけを見ても自分を軽く超えている可能性があると。

――速さなら勝てるか？　いや……少しでも隙を見せれば、動く前に潰されるな。

――この英霊……あの金ピカやもう一人の弓兵と同レベルだぞ。

相手の内包する魔力量と武の気配の色濃さに、セイバーは思わず息を呑《の》む。

「まさか、まだ君のような強者が参加していたとはな」

素直な感想を口にしたセイバーに、ライダーの英霊は首を横に振る。

「私の霊基自体は大したものではない。闘争において遅れを取るつもりは無いが、膂力《りょりょく》や魔力の質だけで言うなら、召喚された直後はまだ全盛の域には遠く至らぬ身だった」

彼女の言葉はどこか威風堂々とした余裕のある威厳に満ちており、それでいながら微塵《みじん》も慢心を感じさせない。

――この内に秘めた神秘の力強さ……もしや、トロイア戦争のペンテシレイアか？

恐らくは名のある王か戦士であろうと判断して相手の真名を予想するセイバーだが、そんな視線は気にせぬまま、彼女は堂々と言葉を続けた。

「わずか数日でここまで力が底上げされたのは……私のマスターが優秀だからだろう」

「ほう、是非とも会ってみたいな、そのマスターに」

　この英雄がそこまで言うマスターとはいかなる人物かと興味を持ったセイバーに対し、ライダーは凜《りん》とした笑みを浮かべて答えた。

「願ってもないことだ」

「？」

　セイバーと、廊下の奥で様子を窺《うかが》っていたアヤカが揃《そろ》って首を傾《かし》げる。

　そんな二人に対し、ライダーは朗々とした声で、己がここに来た理由を告げた。

「我がマスターは、君達との一時的な同盟を望んでいる。是非、会って話をして欲しい」

×　　×

同時刻　警察署

「署長」

残り1日半というタイムリミットの中で慌ただしく動いていたオーランドに、外から戻ってきたヴェラが声をかけてくる。

「どうした」

「その……署長に来客です」

「何者だ？」

聖杯戦争に関係の無い来客ならば、ヴェラは自分まで通さないだろう。

どこか困惑した様子のあるヴェラの顔を見て、署長は重要な案件だと判断し問い返した。

「それが……ライダーのマスターを名乗る男性です」

「ライダーのマスター……アマゾネスと思《おぼ》しき英霊の方か」

——妙だな。マスターが男だと？

——あのライダーのマスターは、ドリス・ルセンドラだと思っていたが……。

訝《いぶか》しむ署長に対し、ヴェラは来客から伝え聞いた要件をそのまま告げる。

それは、署長にとって決して無視できぬ内容だった。

「西に顕現した『神』に対し、一時的な共闘関係を望む、と……」

×　　×

同時刻　クリスタル・ヒル最上階

「ティーネ様《さま》……。そしてランサー殿。どうかそのままでお聞き下さい」

ティーネの部下の一人が部屋に駆け込んできたかと思うと、息を切らせながら言葉を紡《つむ》ぐ。

最初、ティーネは聞いている暇などないとばかりに魔力を注ぐ事に集中していたが――

続く言葉を聞いた彼女は流石《さすが》に目をそちらに向け、西の方角を向きながら瞑想《めいそう》のような行動を取っていたエルキドゥも反応を見せた。

「ライダーのサーヴァント……ティーネ様《さま》には『ヒッポリュテ』と言えば解《わか》ると……そのマスターを名乗る女性が訪れまして……その……」

「ティーネ様《さま》とランサー殿に、共闘を持ちかけたいと」

×　　×

同時刻　コールズマン特殊矯正センター

「ミスター・ディオランド。マスターの動向について、気になる報告が上がって来ました」

「今さらですか？」

アルドラの報告にやや意外性を感じつつ、ファルデウスが尋ねる。

「街が消え去るかどうかという時に気になるとは、余程の異常事態なんでしょうね？」

「ライダー……ヒッポリュテのマスターについて、確認が取れました。現在、複数のマスターが渓谷地帯に集まっています」

「ふむ……異常事態に気付き、こそこそ隠れるのを止めた……という事でしょうか。それで、何人ぐらいの魔術師の徒党でしょう？　ツーク・ツワンクだとしたら九人の大所帯の可能性もありますが……」

流石《さすが》にそこまでの大人数で令呪を頻繁に移動させるなどという事は不可能だろう。

そう考えて自分の呟《つぶや》きを一笑に付そうとしたファルデウス。

だが、返ってきた答えは、それこそ冗談としか聞こえぬものだった。

「三十人です」

「……はい？」

「推定三十人の魔術師が……その、同時に令呪を宿しています」

×　　×

スノーフィールド北部　渓谷地帯

「そうか。オーランド署長も話を聞く用意がある、と」

渓谷地帯の中でも、比較的標高が高い断崖の上。

ビジネスには向かぬ場所だというのに、高級スーツを身に纏《まと》った青年が、ペリゴール社の最新式携帯電話を使って通話をしていた。

「こちらは、今しがた監督官がおいでになった所だ。君の分も代わりに挨拶しておくとも」

慇懃《いんぎん》な調子でそう告げた青年は、携帯電話を流麗な動作で懐《ふところ》にしまう。

青年の周りには風景に似合わぬ蝶《ちょう》が飛んでおり、携帯電話の通話が切れると同時に空気に溶け込むように消え去った。

同時に、それまでアンテナが立っていた筈《はず》の青年の携帯電話が『圏外』を示すが、それを気にする者はいない。

「お待たせしたね、監督官殿。それとも、ハンザ神父とお呼びすべきですかな？」

不敵な笑みを浮かべる、貴族めいた振る舞いの美青年。

だが、相対している神父服の監督官——ハンザは知っている。

貴族めいているのではなく、その青年は文字通り、まごうこと無き貴族の一員だと言う事を。

「好きに呼んでくれたまえ。君のような一流魔術師にとっては、一代行者の顔と名などすぐに忘れるものだろうからな」

「否定はすまい。だが、貴方《あなた》がただの凡骨か、それとも名を覚えるに値する傑物かを判断するのもそちらではない、私自身か先生の役割です」

妙な物言いをする青年に肩を竦《すく》めつつ、ハンザは半分呆《あき》れながら周囲を見渡した。

「さて、一応は私が聖杯戦争の監督官……という事になっているが……。なるほど、これは確かに、私の方を呼びつけるわけだ」

突然呼びつけられ、渓谷地帯の崖の上にまでやってきたハンザの眼前にいるのは——総計三十人に上ろうかという、比較的若い男女の集団だった。

「あの半壊した教会では、とても入りきらないからな」

皮肉を口にしつつ、改めてハンザは目の前に並ぶ集団に目を向ける。

身長2メートルを超える大柄な眼鏡の青年から、眼帯をして桃色のゴスロリ服を纏《まと》った女性まで、個性的な面子《めんつ》が揃《そろ》っていると言えた。

だが、本当に個性的なのは外見などではなく——彼らの肩書きそのものである。

聖堂教会の人間であるハンザでさえ名前を知っている、魔術世界の有名どころだ。

「しかし……君達の右手の令呪、全て本物なのか？」

「ええ、三画のうち一画は既に使用済み、残る二画のうち一画を私の魔術で分散させ、皆の魔術回路に浸蝕《しんしょく》させました。とはいえ、これは先代エルメロイが婚約者との間で行った秘術が元になっています。再現できたのは、残した秘術を解析した当代……時計塔の誇る偉大なるロード・エルメロイII世の功績があってこそです。私はただ、先生の理論を応用したに過ぎませんから」

ハンザと最初に言葉を交わした慇懃《いんぎん》な青年は、蝶魔術《パピリオ・マギア》の後継者にしてケイネス・エルメロイ・アーチボルト以来の若さで色位に到達した天才——ヴェルナー・シザームンド。

「初対面の人間を相手に早口で教授の賞賛を押しつけるんじゃないヴェルナー。逆効果だぞ」

眼鏡の巨漢は車輪魔術の使い手で有名なオルグ・ラム。彼の縁者であるジーン・ラムと並び、魔術世界でも一際《ひときわ》有名なビブリオマニア《書物蒐集者》だ。

「っていうか、マジで先生にバレてないか心配なんだけど」

「バレてても大丈夫でしょ。ライネスちゃんが法政科のツテで先生を外に出さないようにしてくれるって話だし」

双子ならではの特殊な魔術を巧みに操る、ラディア・ペンテルとナジカ・ペンテルの姉妹。

「ああ……こんな事が知れたら、教授は床に這《は》ってでもここに来ようとするだろうからな」

魔術協会の一級講師の息子であり、その若さで自らも教鞭《きょうべん》を振るう立場にあるというフェズグラム・ヴォル・センベルン。

「フラットが消えたなんて聞いたら、先生はアメリカそのものを敵に回しかねない。……俺は、正直それでもいいが……な。フフ……」

数万匹の蛇の使い魔を世界中に潜ませ、己の師の敵をどこまでも追い詰めて始末するという噂《うわさ》のローランド・ベルジンスキー。

「……あいつのとっちらかった匂いは、まだ半分しか消えてない。先生に伝わる前に、僕が必ずあのバカを探し出す」

獣魔術を駆使し、他に類を見ない身体能力で幻想種とも渡り合うスヴィン・グラシュエート。

「それよりなんで私だけ令呪貰《もら》えてないの⁉　酷《ひど》くないですか⁉　令呪差別はんたーい！」

魔眼の大家の末裔《まつえい》であり、宝石から新たな魔眼を磨きあげるイヴェット・L・レーマン。

「いや、だって……イヴェットって割とその場のノリで裏切るだろ……」

魔術と科学の融合の最先端を走る電気魔術の使い手、カウレス・フォルヴェッジ。

「一人でも裏切れば、他者の魔術回路に干渉したヴェルナーが反動で死ぬ事になりますから仕方ありませんね」

星の海を魔術で仮想展開し、地球の裏側の事すら把握するというメアリ・リル・ファーゴ。

他の面子《めんつ》も、大半が魔術世界で名の知られた者達だ。

三十人もの著名な魔術師が集まる姿は荘厳《そうごん》でもあり、ハンザは心中で『これは、本来ならば教会に報告しなければならない状況だが……うむ、無視だな』と早々に決意する。

そして——崖の端に立ち、常に南西の方角を観《み》ている女性が二人。

「どんな手を打つかと思えば、近代兵装での中途半端《ちゅうとはんぱ》な力押しのみとは呆《あき》れ果《は》てましたわね。せめてこの十倍は用意すべきでしょうに。なんであれ、相手を確実に仕留めきると判断した物量を叩《たた》き込んでからが本当の勝負ですわよ？」

青いドレス風の衣装を纏《まと》った女性――『地上で最も優美なハイエナ』と呼ばれるエーデルフェルト家の現当主、ルヴィアゼリッタ・エーデルフェルトは、聖杯戦争の黒幕がとった軍事的行動とその末路を観察していたようだ。

「……」

それとは対照的に、赤い服を着たその女性は、攻撃目標であったと思《おぼ》しき森の中心部を睨《にら》み続けている。

その女性の事も、ハンザは確かに知っていた。

魔術世界的に有名という事もあるが――聖杯戦争の監督官となるにあたって、事前に情報を仕入れた数少ない一人だからだ。

――遠坂凛《とおさかりん》。

冬木《ふゆき》の聖杯戦争の立役者――御三家の一つである、遠坂《とおさか》の家系の末裔《まつえい》。

五大元素全ての適性を持ち合わせた傑物であり、エルメロイ教室でもルヴィアと並んでトップクラスの実力者と目されている存在だ。

ハンザはそんな凛の背を見ながら、半分独り言のように呟《つぶや》いた。

「なるほど。師であるエルメロイⅡ世の悲願を果たす為《ため》、弟子達が揃《そろ》って聖杯を獲《と》りに来た……というわけか？」

だが、その言葉は、未《いま》だに森を睨《にら》み続けたままの遠坂凛《とおさかりん》が否定した。

「悪いけど、偽物《にせもの》だって分かってる物に興味はないわ。それは、わたし達と契約を結んでいるライダーも納得済みよ」

自然と、そんな凛の背後に他の者達も並び立ち、明確な障害である敵の気配へと相対する。

ここまで距離が離れているにも関わらず、こちらの心を浸蝕《しんしょく》してくるような凄《すさ》まじい気配が大気を浸蝕《しんしょく》し始めていたが——この場にいる者達は、誰一人としてその神気に気圧《けお》される事はなかった。

統一された彼らの思いを代弁するかのように、赤い悪魔は己の目的を口にする。

「わたし達は——この聖杯戦争を、解体しに来たの」

エルメロイ教室。

卒業にまで至った者は十五名足らず、中退して他の学科から卒業した者を含めても五十名に届かない少数派の派閥だ。

だが、その少人数にも関わらず、時計塔のパワーバランスさえ左右すると言われている。

派閥そのものが生き物のように育ち、蠢《うごめ》き、万象を搦《から》め捕《と》る。

今はライダーのマスターとしてこの聖杯戦争に足を踏み入れた彼らが、何を蹂躙《じゅうりん》し、何を得るのか。

その答えは、まだ誰にも解《わか》らない。

たとえ、この世界に再臨しつつある女神でさえも。

next episode ［Fake08］

CLASS
???

※以下は、『仮にサーヴァントであったとしたら』という仮定に基づくステータスです。

マスター	???
真名	ティア・エスカルドス?
性別	礎となった身体は男
身長・体重	フラットよりは小柄。胴体が欠落&分離しているので不明　体重も同様
属性	混沌・中庸

筋力	E	魔力	A++
耐久	C	幸運	D
敏捷	A	宝具	EX

保有スキル

魔圏の住人：A

現実世界にありながら世界を魔術的な構成で認識し、その流れや澱みに介入して分解や改変、吸収などができる事を示すスキル。電波を可視化したかのように、物理的な視界の上に重なる形でありとあらゆる魔力の流れが見えている。魔眼ではなく聴覚などにも影響し、生まれながらにしてその光景に慣れていなければまともに歩く事すらできない。

時流操作：A

自らの影響下にあるものを、魔力や物質、思考速度などの概念も含めて魔力の続く限り加速減速をある程度自在に行う事ができる。ただし加速も減速も常識の範囲に留まり、完全停止や光速化、逆行などは当然できない。

[redacted]

クラス別能力

対魔力：EX
魔力干渉し無効化する技術はA+だが、そこを突破されるとB程度。

単独行動：A++
生物なので当然だが、サーヴァントだとしても長く行動できる。

宝具

空洞異譚／忘却は祝祭に至れり《ア・クロックワーク・アバドーン》

ランク：A+　種別：対基宝具　レンジ：2～視界内　最大補足：???
物体に様々な魔術を籠め、限界近くまで加速させて射出する魔力加速砲。
例えば原子崩壊の魔術を限界まで圧縮して物体に籠める事で純粋な高威力にする事から、暗示などの精神的な効果を発揮させる事まで幅広く応用可能。現在の地球において行使可能な魔術という条件がある為、当然ながら『魔法』の再現とそれを物体に籠める事は不可能である。

空洞異端／喪失は[redacted]

CLASS

真バーサーカー

マスター	ハルリ・ボルザーク（現ステータスにはイシュタル女神の影響あり）
真名	フワワ
性別	???
身長・体重	可変式 内包する魔力量によって増大する
属性	秩序・中庸

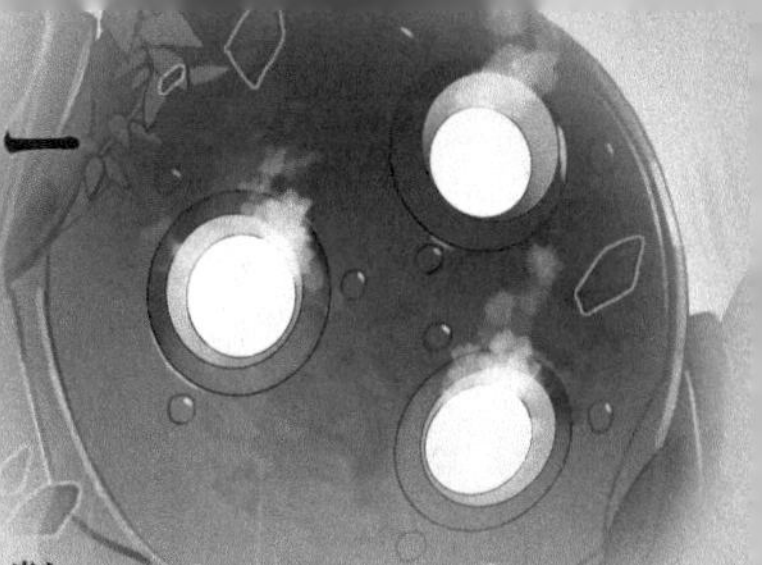

筋力	A++	魔力	A
耐久	A++	幸運	D
敏捷	C	宝具	A

保有スキル

魔力放出（厄災）：A

洪水や地震など、人類にとっての様々な厄災をゆかりとする力を光輪を通じて放出する。

条件にもよるが、放出の方向を絞れば数百キロメートル先にまで届く。

厄災を浴びたものはその種類に合わせたダメージを受ける。

畏怖の叫び：A++

生物としての本能的な畏怖を抱かせる咆哮。

とある女神の加護がある状態ならば、かの英雄王にさえ影響を与える事ができると言われている。

守護の巨怪：B-

特定の場を守護する際、己の能力を上げる。

最終的に守り切れなかった伝承を持つ為ランクはB-にまで落ちている。

クラス別能力

狂化：A

宝具

[redacted]

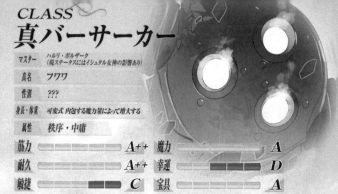

あとがき（多大な本編のネタバレを含みますので読了後に読むのを推奨します）

本当に本当にお久しぶりです。成田良悟《なりたりょうご》です。

まず、ここまでお待たせしてしまった事のお詫びを……！

世界中が激動の二年となった昨今、私も仕事とプライベート、体調と精神、その他にも様々な激動があったのですが、理由がどうあれ、あの引きからここまでお待たせしてしまったのは事実です、本当に申し訳ありませんでした……！

元々PS2版で初めてプレイしたＦａｔｅのあまりの面白さに度肝を抜かれた事から始まったこのＦａｋｅシリーズですが、かなり心身共に弱っていた時期に私のテンションを上げてくれたのも、やはりＦａｔｅシリーズでした。

奈須《なす》さん「私は作家・ＦＧＯ第二部6章を文庫数冊分のボリュームで提供する菌糸類！」

私「作家・ＦＧＯ第二部6章を文庫数冊分のボリュームで提供する菌糸類⁉　あとこれ文庫一冊一冊が鈍器の厚さなのでは……？」

そう、ＦＧＯ第二部6章です。

あの凄まじいボリュームのシナリオとそのボリュームに見合った重厚な群像劇、そしてネタバレになるので詳しくは言えませんが怒濤のクライマックスの流れを叩きつけられ、結果としてテンションが爆上がりし文章を大幅に書きかえつつ完成したのが今回の七巻となります。

監修をお願いする為に奈須さんにお見せした時のやりとりは、誇張とか無しで次のような感じでした。

奈須さん「復ッ！　活ッ！　成田良悟、復活ッッ！　成田良悟、復活ッッ！　成田良悟、復活ッッ！　さあ、このバケツ一杯のエナジードリンクを飲むんだ」

私「オイオイオイ、死ぬわ俺」

ようするにいつも通りでしたが、そのいつも通りのやりとりが久々にできた事が非常に嬉しかったものです。そんな感じで妖精國か新横浜に転生しそうになったりしていた私ですが、ここまでこれたのも多くの人々や作品に支えられたからです。これに感謝しつつ、すでにプロットは組み上がっている最終巻まで走り抜けさせて頂ければと……！

ちなみに北極がああなったのは、三田《さんだ》さんに「久々の巻だからバトルとかめっちゃ派手にして、展開をわかりやすくした方がええよ」と言われた結果なので、この世界線でもしも北極に重要な何かがありそれが失われていた場合は三田さんのせいと言えるでしょう（責任転嫁）。

さて、ラストシーンを御覧いただければ分かる通り、これにてマスターも全員揃いました。

最後のマスターについては「お前いくら群像劇だからってキャラ増やし過ぎだろ」とお思いかもしれませんが、御安心下さい。あれはあのグループで一つの意志を持つマスターという形になるかと思います。流石にあの集団を一人一人掘り下げると終わらなくなりますので……！

そして、あの集団が最後のマスターというのは、実はシリーズ開始時から決めていた事でして、どのような形であれ偽りの聖杯戦争が終わりに向かうキーとして用意していたものです。

それは即ち、聖杯戦争の勝敗予想ができる巻はここまでという事です。次回から一気に様々な陣営の勝敗と決着がつき始めるクライマックスフェイズへとなります！　本当は今回の巻でラストシーンを既に用意していた組もあるのですが、ページ数が多くなりすぎる事も考え、キリよく次巻回しとさせて頂きました……！


以下は、御礼関係となります。

まずは本当に長々とお待たせしてしまい、様々な形でご迷惑をおかけしてしまった担当の阿《あ》南《なん》さん。並びに出版社の皆さんと、スケジュール調整して下さったⅡＶ《トゥーファイブ》の皆さん。

「この世界線のアメリカ大統領どうしましょう。キアラ大統領？」「ムジーク大統領？」

「流石にアメリカにムジーク家はいねえよ!?」などと様々な御相談に乗って下さったＦａｔｅ

シリーズ関係者の皆さん。なお大統領は出す必要はないなとなりいまだ未定です。

特定のサーヴァントや魔術関連の設定の考証をして下さっている、三輪清宗《みわきよむね》さんをはじめとするチーム・バレルロールさん。

事件簿周りのキャラクターたちのチェック、設定を考証をして下さり、色々と御意見を下さいました三田誠《さんだまこと》さん。今回どれだけお世話になったかはラストシーンを参照していただければお分かり頂けるかと……！

そして、コミカライズ最新５巻が発売する中、今回も素晴らしいイラストを仕上げて下さり、原作の世界観も拡げて下さいました森井《もりい》しづきさん。（コミカライズ、最新５巻も２月に発売となりまして、こちらも大変素晴らしい一冊となっておりますので是非！）

そして何より、Ｆａｔｅという作品を生み出して監修をして下さっている奈須《なす》きのこさん＆ＴＹＰＥ－ＭＯＯＮの皆様と、エルキドゥの幕間で私も関わらせて頂いているFate/Grand Orderスタッフの皆様――そして、長くお待たせしてしまったにも拘わらず、本書を手にとってここまでお読み頂いた読者の皆さん。

本当にありがとうございました！　シリーズ終結までお付き合い頂ければ幸いです！

２０２２年１月　『二部６章と月姫Ｒの感想を長々と書きたいのを我慢しつつ』成田良悟《なりたりょうご》

◉成田良悟著作リスト

「バッカーノ！シリーズ
1705～1711／1930～1935／2001～2002　計22冊」（電撃文庫）
「バウワウ！ Two Dog Night」（同）
「Mew Mew！ Crazy Cat's Night」（同）
「がるぐる！〈上〉 Dancing Beast Night」（同）
「がるぐる！〈下〉 Dancing Beast Night」（同）
「5656！ Knights' Strange Night」（同）
「デュラララ!!×1～13」（同）
「デュラララ!! 外伝!?」（同）
「デュラララ!!SH×1～4」（同）
「折原臨也と、夕焼けを」（同）
「折原臨也と、喝采を」（同）
「ヴぁんぷ！I～V」（同）
「世界の中心、針山さん①～③」（同）
「Fate/strange Fake ①～⑦」（同）
「オツベルと笑う水曜日」（メディアワークス文庫）

本書に対するご意見、ご感想をお寄せください。

ファンレターあて先
〒102-8177　東京都千代田区富士見2-13-3
電撃文庫編集部
「成田良悟先生」係
「森井しづき先生」係

本書は書き下ろしです。

電撃文庫

Fate/strange Fake⑦

成田良悟《なりたりょうご》

2022年３月10日　初版発行
2023年６月10日　３版発行

発行者　山下直久
発行　株式会社KADOKAWA
〒102-8177　東京都千代田区富士見2-13-3
0570-002-301（ナビダイヤル）
装丁者　荻窪裕司（META＋MANIERA）
印刷　株式会社 KADOKAWA
製本　株式会社 KADOKAWA

ISBN978-4-04-914283-9　C0193　Printed in Japan

電撃文庫　https://dengekibunko.jp/

電撃文庫創刊に際して

文庫は、我が国にとどまらず、世界の書籍の流れのなかで〝小さな巨人〟としての地位を築いてきた。古今東西の名著を、廉価で手に入りやすい形で提供してきたからこそ、人は文庫を自分の師として、また青春の想い出として、語りついできたのである。

その源を、文化的にはドイツのレクラム文庫に求めるにせよ、規模の上でイギリスのペンギンブックスに求めるにせよ、いま文庫は知識人の層の多様化に従って、ますますその意義を大きくしていると言ってよい。

文庫出版の意味するものは、激動の現代のみならず将来にわたって、大きくなることはあっても、小さくなることはないだろう。

「電撃文庫」は、そのように多様化した対象に応え、歴史に耐えうる作品を収録するのはもちろん、新しい世紀を迎えるにあたって、既成の枠をこえる新鮮で強烈なアイ・オープナーたりたい。

その特異さ故に、この存在は、かつて文庫がはじめて出版世界に登場したときと、同じ戸惑いを読書人に与えるかもしれない。

しかし、〈Changing Times,Changing Publishing〉時代は変わって、出版も変わる。時を重ねるなかで、精神の糧として、心の一隅を占めるものとして、次なる文化の担い手の若者たちに確かな評価を得られると信じて、ここに「電撃文庫」を出版する。

1993年6月10日
角川歴彦